FLORA,
LA DESCONOCIDA
DEL ESPACIO

PIERRE-MARIE BEAUDE

FLORA, LA DESCONOCIDA DEL ESPACIO

Traducción de Margarita Holguín

Ilustraciones de Mario Duarte

EDITORIAL
norma

Barcelona, Bogotá, Caracas, México, Miami,
Panamá, Quito, San Juan, Santiago de Chile.

T O R R E · D E · P A P E L

Edición original en francés:
FLORA L'INCONNUE DE L'ESPACE
de Pierre-Marie Beaude.
Una publicación de Castor Poche Flammarion.
Copyright © 1987 por Castor Poche Flammarion.

Dirección editorial, María del Mar Ravassa
Edición, Catalina Pizano
Dirección de arte, Mónica Bothe
Diseño de la colección, María Fernanda Osorio
Asesoría, Silvia Castrillón

ISBN: 958-04-1258-8

IMPRESO EN COLOMBIA
PRINTED IN COLOMBIA

CONTENIDO

CAPITULO I

EMBARQUE HACIA UMA

Aquella mañana del año 2100, no había salido aún el Sol sobre el bosque. Grandes hayas de tronco gris aparecían algunos instantes a la luz de los faros, y luego regresaban a la oscuridad. Flotaba una niebla ligera, por bancadas, a ras del suelo. Jonathan llevaba varias horas conduciendo. Confortablemente acomodado en su automóvil, dejaba que un agradable sopor lo invadiera. La carretera se extendía recta delante de él.

Súbitamente un zorro atravesó. El animal llegó en un par de saltos al otro lado de la carretera, y desapareció, oculto por los árboles.

—¡Vuelve a casa, bandido! —dijo Jonathan—. Ya llega el día; la cacería ya terminó.

Abrió la ventana. Sintió un aire frío y húmedo — el aire del bosque al amanecer.

Al salir del bosque hacia la llanura, apareció Selene, la estación espacial. Centenares de proyectores iluminaban las naves que estaban a punto de partir: tres cohetes blancos apuntaban al cielo y descansaban en la Tierra sobre torres metálicas. Jonathan miró su reloj: en menos de dos horas iba a partir en uno de estos vuelos. Lugar de destino: Uma, la estación orbital de la Luna. Todo viajero espacial estaba obligado a pasar por allí. Era la plataforma giratoria del conjunto de la circulación extraterrestre y el punto más avanzado del sistema de defensa que rodeaba la Tierra.

En el puesto de control, Jonathan presentó su tarjeta de identidad codificada y varios documentos. El funcionario introdujo la tarjeta en una máquina lectora. Supo así que el individuo que se encontraba delante de él se llamaba Jonathan Silésius. Edad: diecisiete años. Ninguna contraindicación médica le impedía una temporada en el espacio. Tenía un permiso de conducción de aquellas pequeñas naves denominadas Traps, cuyo nombre real era «Transporte personal con conducción asistida». El funcionario retiró la tarjeta del aparato de lectura, y consultó los otros documentos.

—¿Su apellido?

—Silésius. Jonathan Silésius. Usted acaba de leerlo.

—¿Finalidad de su viaje?

—Turismo.

—¿Cuánto tiempo piensa permanecer en Uma?

—Sólo voy de paso. Reservé un Trap; usted tiene en la mano los papeles de la agencia.

El funcionario notó la leve irritación que translucían las respuestas. Miró fríamente a su interlocutor al devolverle los documentos.

—Le ruego que me excuse por todas estas verificaciones, señor Silencio...

—¡Silésius!

—Silésius, en efecto —continuó el funcionario—. Tenemos orden de ponerles obstáculos a los individuos que se dirigen a Uma sin objetivos precisos. No deseamos que la estación sea invadida por personas indeseables. ¿Comprende?

Jonathan asintió con un gesto, y se dirigió

a las cabinas de registro automático. La operación consistía en pasar dos veces delante de un ojo electrónico que verificaba que la persona no transportara armas. Este ojo rojo, impersonal, le pareció desagradable. Prefería entendérselas con el funcionario que confundía los apellidos.

A la entrada de la nave, lo recibió una azafata, que le indicó su asiento. Un grupo de viajeros particularmente agitados se acomodaron a su lado. Todo eran risas y bromas. Las mujeres llevaban conjuntos metalizados recién comprados en los almacenes de moda. Y, por sus trajes rebosantes de aditamentos, los hombres seguramente se creían pioneros del espacio. Jonathan se apresuró a olvidar toda esta gente, y se concentró en la repisa electrónica de que disponía cada pasajero. Se dejó tentar por una partida de ajedrez, que perdió rápidamente. Decidió entonces esperar el despegue escuchando música. Se puso el casco, eligió una estación de jazz antiguo, y cerró los ojos; finalmente estaba a salvo de los turistas.

El viaje transcurrió sin contratiempos. Jonathan escuchó música y devoró toda la comida que le ofrecieron. Dormía tranquilamente cuando la nave aterrizó en Uma. La azafata lo despertó; los turistas ya habían bajado. En el puesto de control de desembarque, de nuevo las mismas preguntas; contestó con la misma impaciencia. Cuando se encontró libre de ir donde quisiera, su primera preocupación fue dirigirse a la agencia en que había reservado una nave individual. Todo estaba en regla; podía tomar posesión de ella a la hora prevista.

Los inmensos brazos de la estación comprendían una serie de avenidas y de calles adornadas con plazas, fuentes, estatuas. Por ellas deambulaba una densa multitud de turistas en tránsito. Se paseaban de almacén en almacén, con la nariz pegada a las vitrinas. Jonathan seguía distraídamente el movimiento. A cada paso, era interceptado por anunciadores: «El tour exterior de la estación en aereobús. Sorprendente vista de Uma. Aproveche la ocasión, señor; la próxima salida es dentro de diez minutos. ¡Quedan algunos puestos!» Las agencias de viajes florecían por doquier. Competían mediante grandes avisos publicitarios. En las vitrinas, las maquetas de las enormes naves barrigonas giraban alrededor de planetas en miniatura, sometidas a la cruda luz de neón. Ostentaban grandes letreros: «Marte, Venus,

Júpiter, con todas las seguridades», «Venus, planeta del amor, durante quince días», «Visite a Marte, la Venecia del espacio».

Recordó con emoción a su tía Eléonore. Al menos tres veces por año, se escapaba en uno de estos viajes y siempre regresaba entusiasmada. Hablaba horas enteras de la comodidad de los hoteles, de la amabilidad del personal y de la calidad del servicio. Narraba incansablemente las visitas guiadas, y podía imaginársela, sentada mirando por la ventanilla, extasiada al ver que el paisaje correspondía a las explicaciones del guía. Eléonore era una turista maravillada, secretamente orgullosa de pertenecer a la clase de personas que viajan. Frecuentemente, repetía una frase en su conversación: «No adivinarías nunca...» Lo que uno no adivinaría era las personas que había conocido durante su periplo: la pareja de industriales «perfectamente encantadores», o el hombre de negocios «extraordinario» con quienes había visitado a Marte o a Venus. Eléonore se acercaba a los cuarenta años de edad; rebosaba de salud. El mundo se le presentaba exactamente como ella lo deseaba. Girar en torno a los planetas en las estaciones orbitales le convenía admirablemente; le bastaba contemplar y relatar lo que había visto para encontrar la felicidad.

Jonathan divisó un bar. Entró y se sentó. Delante de él, un inmenso mirador ofrecía un paisaje inusitado de la Luna, sorprendentemente cercana, con grandes montañas que uno podría creer que era posible tocar con los dedos. Ningún movimiento, ningún signo de vida; una cosa mineral y desierta se encontraba allí, al alcance de la mano. «Qué extraño», pensó, «que no hubiesen pensado en construir allí la estación, en lugar de hacerla girar indefinidamente en órbita». Deseaba llegar hasta ella. Le habría gustado caminar sobre ese suelo irreal, abandonar la estación de Uma que se asemejaba demasiado a las ciudades de la Tierra. «Algunas horas más», se dijo, «y estaré libre. Dejaré estos desdichados lugares, e iré a donde me plazca».

—¿Me permite?

Jonathan levantó los ojos: un hombre se encontraba delante de él. Tomó una silla y se sentó a su mesa sin más preámbulos. Permaneció silencioso durante largo rato, vuelto hacia el gran mirador desde donde se veía la Luna. Parecía ansioso de no perder ningún detalle de ese espectáculo. Los cabellos blan-

cos le caían descuidadamente hasta los hombros; una barba enmarañada devoraba la parte inferior de su rostro. En cuanto a su vestido, era un traje de otra época. La túnica de lino burdamente tejida, los pantalones de un color incierto, recordaban los atuendos que se veían en los museos de la Tierra consagrados a los indios. La mano izquierda, que descansaba sobre la mesa, llevaba una cantidad impresionante de anillos y sortijas. Jonathan se preguntaba cómo había podido este individuo franquear los controles con semejante vestimenta. No tuvo tiempo de profundizar en este asunto, pues el anciano, dejando su ensoñación, se disponía a hablarle. Tenía ojos verdes, inquietos:

—Fascinante, ¿no le parece? ¿Ha estado alguna vez en la Luna, joven?

Pronunció la palabra «joven» de una manera tan teatral que se prestaba a risa, pero su voz era grave.

—No —respondió Jonathan—. Nunca.

—Yo sí.

Hubo un silencio, y Jonathan creyó que su interlocutor volvería a sumirse en su ensoñación lunar; pero continuó:

—Usted, sin duda, piensa que es preciso estar un poco loco para pasearse por ese

15

desdichado desierto, subir a esas idiotas montañas donde no crece nada, ni la más pequeña hierba.

—No pienso nada —contestó prudentemente Jonathan—. Cada cual es libre de ir a donde le plazca.

—Exacto, joven, cada uno es libre; pero nadie aprovecha su libertad. Mire usted estos rebaños de ovejas (señaló a los turistas con la cabeza). ¿Sabe lo que buscan? Nada, no buscan absolutamente nada. Recorren kilómetros, «conocen», como ellos dicen, Júpiter o Venus, pero es como si nunca hubiesen salido de sus casas. Todas estas estaciones satelizadas alrededor de los planetas les convienen admirablemente. ¡El mundo desconocido del espacio en su puerta! ¡Grandes emociones garantizadas con toda comodidad! ¡Basta un telescopio en la habitación del hotel para tener derecho a mirar estos mundos extraños mientras saborean tranquilamente su whisky!

—Es cierto —admitió Jonathan pensando en Eléonore.

—Todos los turistas son simples espectadores, y afirman conocer países en los que nunca han puesto un pie. La idea de dar un paseo no se les ocurriría siquiera. Yo, señor, he caminado sobre la Luna. Y no necesito comprar piedras lunares en los almacenes de recuerdos para impresionar a mis amigos.

El anciano se levantó.

—Venga —dijo—; quiero mostrarle algo.

Se dirigió a uno de esos catalejos que se encontraban diseminados por todas partes en la estación, y lo enfocó sobre el disco lunar. Luego de algunos ajustes, obtuvo el punto que buscaba.

—Mire.

Jonathan se acercó. Vio, por medio del catalejo, un espacio circular rodeado de montañas amarillas extrañamente azuladas. En medio del círculo se veía otra montaña: un enorme apilamiento de desechos de todo tipo.

—El basurero público de Uma —comentó el anciano—. Sería demasiado costoso llevar todo de regreso a la Tierra. Tiene usted ante sus ojos el basurero más bello del mundo civilizado. También el más limpio, pues en la Luna, joven, ¡no hay ratas!

Luego de un corto silencio, prosiguió:

—¿Sabe usted el nombre del primer hombre que caminó en la Luna?

—No, no lo recuerdo. Para mí eso es historia antigua.

—Fue Armstrong, Neil Armstrong. Nació en 1930 en Wakaponeta, Ohio. Dos de los hombres caminaban sobre la Luna, mientras el tercero giraba en órbita para recogerlos. Recuerde usted la fecha: 20 de julio de 1969, a las 3 y 36 minutos. Fue un acontecimiento fantástico en su tiempo. En esa época, la conquista del espacio era un sueño. ¡Mire lo que han hecho de él!

—Y usted, ¿por qué fue a la Luna?

—Para recordar. Me llamo Jack Armstrong. Neil era uno de mis antepasados.

—Perdón —dijo Jonathan—. No lo sabía. El anciano se había sentado otra vez. Sin preocuparse por nadie, se sumió de nuevo en su meditación silenciosa, con la cabeza vuelta hacia el mirador donde desfilaba el paisaje lunar. A la izquierda, avanzaban las sombras sobre la cara oculta, devorando progresivamente la luz. Entre Uma y el Sol se interponía ahora la pantalla de la Luna. Entonces el anciano se levantó y se marchó. Jonathan esperó a que Uma regresara al lado expuesto al Sol. Deseaba contemplar de nuevo las altas montañas, los mares y los espacios circulares, tan cercanos y tan lejanos a la vez.

UNA EXTRAÑA LLAMADA

Johnatan se alegró de encontrarse solo a bordo de su Trap. Su corta permanencia en Uma lo había deprimido un poco. Primero los controles y, sobre todo, las hordas de turistas. Se había ido de vacaciones para buscar calma y soledad, y aventuras también; no para mezclarse con rebaños de gente conversadora. Además —no sabía por qué—, el recuerdo del anciano no lo abandonaba. Lo recordaba, con su aspecto indio, sumido en la contemplación de la Luna. Lamentaba no haber conversado más con él.

El Trap no ofrecía ninguna dificultad especial de pilotaje. Antes de partir, el computador se había presentado:

—Bienvenido, señor Silésius. Permítame presentarme: Doble Cero. Fue así como me bautizaron, no sin humor, como puede constatarlo. Si este nombre no le agrada, no tengo inconveniente en que lo cambie. A título de información, sepa que ya me han sido atribuidos cuarenta nombres desde mi nacimiento. ¿Desea saber cuáles son?

—En absoluto —respondió Jonathan, que no deseaba escuchar una retahíla—. Doble Cero te va muy bien.

Luego de estas breves presentaciones, despegaron. Ahora Jonathan se encontraba lejos de Uma. Le había dado a Doble Cero la orden de viajar al azar, y se dejaba conducir, satisfecho de saberse solo en algún lugar del espacio. Por la ventanilla que tenía enfrente, descubría la oscura inmensidad, extrañamente interrumpida por regiones más luminosas. Se acordó de esa mañana, cuando conducía por el bosque, y la imagen fugaz del zorro le vino a la memoria: ¿Dónde estaría a esta hora?

Finalmente, Jonathan recobró la tranquilidad. Puso música. Pronto seis poderosos altavoces comenzaron a emitir sus ritmos favoritos. Escuchó durante largo rato. Su nave trazaba rumbos desconocidos, y su música amansaba el silencio.

Durmió cerca de diez horas. Al despertar, Doble Cero le informó que todo estaba en orden a bordo. El planeta más cercano era Marte, el cual, sin embargo, se encontraba todavía a una respetable distancia; la nave se disponía a cruzar sobre Aster 5030, un asteroide de fácil acceso. Jonathan dio la orden de aterrizar allí. Una hora después, provisto de su escafandra de salida, inició, en su *scooter*, su primera excursión.

El cielo era amarillo. Montañas anaranjadas cubrían el horizonte. Un encanto singular emanaba de este paisaje de polvo, en el cual nada, ni una flor, ni un arbusto, crecía. Descendió del *scooter* y se sentó en una roca. El polvo levantado en la estela de la nave flotaba aún. Era el único elemento que se movía sobre esa tierra baldía. Por primera vez, desde el comienzo del viaje, se sintió lejos, muy lejos.

Se disponía a regresar cuando un ruido lo detuvo, una especie de tintineo metálico, semejante al que hubiese producido al caminar un hombre vestido con una armadura. No había nadie, nadie en absoluto, y, sin embargo, el tintineo se acercaba. Jonathan conocía bien ese ruido, y de inmediato se puso en guardia, empuñando su pistola. Sabía que una vispa iba a aparecer, pues con las vispas siempre sucedía lo mismo: primero se hacían oír; luego aparecían súbitamente, a diez metros de uno, dispuestas a atacar.

Apareció allí, delante de él, a la vez que cesó el tintineo. Se balanceaba lentamente, a algunos centímetros del suelo, casi rozándolo con su cuerpo grotesco y bamboleante. A lo largo del cuerpo colgaban dos brazos que parecían paralizados. Pero no había que confiarse, pues se ponían rápidamente en movimiento en el momento del ataque, seccionando con más precisión que un hacha todo lo que los obstaculizaba. Estos brazos representaban un peligro mortal.

La vispa se encontraba ya a pocos metros de distancia. No había cesado su absurdo bamboleo. En medio del cuerpo podía verse el ojo, un ojo rosado protegido por una membrana transparente surcada de pequeñas venas. Era allí a donde había que apuntar. Súbitamente, la danza se detuvo. Los brazos comenzaron a girar con un silbido estridente. Cuando Jonathan disparó no hubo gritos. Los brazos quedaron inmóviles

y la bestia, agitada por contracciones, cayó en el polvo. Un líquido verde le salió del ojo.

—Porquería —murmuró Jonathan.

Regresó en su *scooter* al Trap. Cuando partió de Aster 5030, ya había olvidado la vispa.

Por todas partes se veían los mismos espacios. El Trap, conducido automáticamente, trazaba una ruta que parecía inmóvil. Jonathan iba y venía en su habitáculo, absorbiendo cantidades de decibeles en la cabeza. Experimentaba una especie de alegría salvaje al llenar la cabina de sonidos agresivos, mientras que afuera todo era silencio. Hastiado al fin de la música, se recostó y estaba dormitando cuando un timbre lo sobresaltó. Una señal titilaba en el tablero de mandos.

—¿Qué pasa, Doble Cero?

—Solicitud de contacto llegada del exterior.

—¿Qué debo hacer?

—Enviar la orden de identificación, a menos que prefiera que yo lo haga en su lugar.

—Gracias, Doble Cero. Me ocuparé de esto.

Escribió en el teclado la orden de identificación. Como respuesta, la nave solicitante debía enviar el conjunto de datos que le

permitieran a la nave contactada identifi-
carla con toda precisión. Este procedimiento
evitaba las sorpresas. Toda nave incapaz de
establecer su identidad era considerada inmediatamente como sospechosa.

Una serie de cifras desfilaron en la pantalla del control; Doble Cero y sus descodifica-
dores estaban trabajando. Poco después, el
computador suministraba en limpio la respuesta: «Astronave de vigilancia galáctica.
Patrulla Xsi. Todo está en regla. Comunicación posible». Jonathan abrió los receptores.
Resonó una voz:

—¿Señor Silésius? Le habla el capitán Cortès. ¿Cómo se encuentra?

—Muy bien, gracias.

—¿Satisfecho con su viajecito turístico?

—Sí, muy contento. Todo perfecto.

—¿No ha tenido contratiempos?

—No, ninguno. ¡Ah, sí! Una vispa.

—Sucias bestias. Los viajes serían más
agradables sin estas venenosas alimañas.
¡Unas verdaderas arpías! Buen viaje, señor
Silésius, cuídese bien. Usted frecuenta para-
jes que no siempre son muy seguros. Si tiene
algún problema, comuníquese con nosotros.
Fuera.

—Comprendido y gracias. Fuera.

Jonathan siguió en el radar el punto de la astronave que se alejaba a gran velocidad. Era un alivio constatar que las patrullas de Uma hacían bien su trabajo. Con frecuencia, en el espacio ocurrían incidentes más o menos graves. Algunas naves incluso habían desaparecido, sin que se supiera por qué; se habían considerado todas las posibilidades. Algunos sostenían que poblaciones lejanas merodeaban cerca del sistema solar, y que poco se sabía sobre sus intenciones. Pero Jonathan no se sentía en peligro. Le agradaba la aventura y soportaba bien el riesgo. Estaba pasando las vacaciones más bellas de su vida, con las que había soñado desde hacía mucho tiempo.

Sonó el timbre de una alarma; en el tablero de mandos, titilaba una señal roja.

—¿Qué sucede, Doble Cero?

—Corpúsculos extraños en campo compacto. Nos dirigimos derecho hacia ellos.

—¿Qué tipo de corpúsculos?

—Aun cuando no dispongo todavía de todos los datos cifrados, puedo precisarle, sin gran riesgo de error, que se trata de meteoritos. ¿Desea usted que proceda con las verificaciones que me permitirán afirmarlo con certeza?

—No es necesario. Y si puedes, acorta tus frases. ¡Tengo la impresión de que fuiste programado un tanto parlanchín!

—Exactamente, señor Silésius. Mis programadores consideraron que esto les agradaría a los turistas.

—En todo caso, a mí no. Dime, ¿qué posibilidades hay de colisión?

—Las calcularé rápidamente —dijo el computador, contento de poder resarcirse—. Aquí están: setecientas ochenta y nueve posibilidades contra mil. ¿Desea usted las cifras decimales?

—No gracias. La información es suficiente. Nunca he tenido suerte en los juegos de azar, y no deseo arriesgar esta partida. Programa de desviación, por favor.

—Comprendido.

Jonathan estaba inclinado sobre las pantallas de control cuando apareció una nueva solicitud de contacto. Ordenó la identificación. La respuesta no se hizo esperar: «Nave Trap SZ 3487. Turista salido de Uma. Comunicación posible». Jonathan se puso a la escucha.

—Buenos días, señor Silésius. Le habla Trap SZ 3487. Salí de Uma un poco antes que usted, igualmente en plan de turismo.

Tengo problemas con mi computador, y el programa de desviación no funciona. ¿Puede ayudarme?

—Con mucho gusto. Veo que no desea jugar a la lotería con los meteoritos.

—Con setecientas ochenta y nueve posibilidades contra mil es demasiado arriesgado. ¡Se puede estar casi seguro de obtener el primer premio!

—Muy posible, en efecto. Use mi computador. Tiene tres minutos.

—Será suficiente —dijo la voz.

Jonathan tecleó el código de socorro. El resto ya no dependía de él. Al cabo de dos minutos, escuchó de nuevo la voz:

—Ya está. Creo que ya puedo arreglármelas. ¡Usted es muy amable!

—Es normal ayudarse entre vecinos. De todas maneras, ¡buen viaje! ¿Hacia donde se dirige?

—Regresaré a Uma para cambiar de nave. No deseo correr riesgos.

—Tiene razón. Buena suerte, y llámeme en caso de que necesite ayuda. ¿Desea que le sirva de escolta?

—No, gracias; no es preciso. Hay suficientes patrullas.

—Entonces, hasta pronto. Fuera.

—Hasta pronto, y mil gracias. Fuera.

Cuando se hizo silencio en la cabina, Jonathan notó cuán agradable era la voz que acababa de escuchar. Levantó los ojos hacia los altavoces, como si les reprochara el haberse quedado mudos. En la pantalla del radar, el punto luminoso había desaparecido. De repente se sintió solo y no deseaba proseguir su viaje. Decidió entonces acercarse a Uma.

Otra solicitud de comunicación. Sintió que su corazón latía con más fuerza. Pero en lugar de la voz esperada, fue el capitán Cortès quien habló:

—Señor Silésius. Seguimos en contacto. ¿Todo en orden?

—Todo bien, gracias.

—¿No ha encontrado más vispas?

—No; sólo una persona cuyo computador no funcionaba bien. Acaba de salir hacia Uma para cambiar de nave.

—¿Hacia Uma, dice? ¡Entonces debiéramos haberlo interceptado! ¿Quién era? ¿Lo identificó usted?

—Desde luego. Era el Trap SZ 3487, que había salido de Uma justo antes de mí.

—Espere, señor Silésius; consultaré con el centro de control.

Transcurrieron varios minutos. Luego Cortès habló de nuevo:

—Lo engañaron, señor. El Trap SZ 3487 no existe. Y usted es la única persona que se encuentra haciendo turismo por esta región.

—¿Está seguro?

—Absolutamente seguro; lo hemos verificado. Permanezca alerta, y al menor incidente, comuníquese con nosotros. Velamos por su seguridad, no lo olvide. Este asunto no me agrada; intentaremos esclarecerlo. Fuera.

Jonathan no volvía en sí de su asombro. ¿Habría estado soñando? Estaba seguro de haber ayudado a una nave. Esto, por lo demás, era fácil de comprobar, puesto que le había prestado su computador. Necesariamente habría dejado alguna huella en él. Pero también sabía que en Uma jamás se equivocaban. La seguridad era una preocupación constante; todo se controlaba y se verificaba hasta en sus más ínfimos detalles.

La voz que había escuchado le vino de nuevo a la memoria: «Buenos días, señor Silésius. Le habla Trap SZ 3487. Salí de Uma un poco antes que usted, también en plan de turismo». Esta voz no era la de un fantasma, sino la de un ser viviente. Una voz cálida y segura a la vez, con la que lamentaba no haber conversado largo rato. Ella lo había llamado por su nombre, mientras que él no sabía nada de ella. Recordaba tan sólo lo que había sentido cuando terminó.

—¿Qué piensas de todo esto, Doble Cero?

—Pienso, puesto que me pide mi opinión, que es un misterio. El proceso de identificación fue escrupulosamente respetado, y no noté nada anormal.

—¿Estás seguro de no haber...?

—... ¿Cometido un error? ¡Usted bromea, sin duda! Otros se sentirían heridos por una suposición semejante.

—Perdóname, Doble Cero. No tenía intención de molestarte.

Tuvo una súbita iluminación. ¿Cómo había obtenido la voz toda su información? Las agencias de Uma nunca suministran dato alguno sobre sus clientes. Por medida de seguridad, sólo ellas saben quién es uno, qué hace, a dónde se dirige. Que el capitán Cortès supiese su nombre era muy normal, puesto que pertenecía a la policía de Uma; por esta razón, mantenía un contacto permanente con el centro de control al que las agencias tenían obligación de informar sobre todas las salidas. Pero este presunto turista, ¿cómo lo sabía? Jonathan no se había comunicado con nadie, fuera de Cortès. ¿Alguien habría escuchado las comunicaciones por radio? Todas las comunicaciones estaban cifradas; las de Uma con las naves y las de las naves entre sí. ¿Cómo podría un turista haber descifrado este código?

Ahora tenía la certeza de que la nave que lo había contactado no era la de un turista. ¿Dónde se encontraría ahora? Ciertamente, al contrario de lo que había afirmado, no se hallaba cerca de Uma. Por esta razón, Jonathan decidió cambiar de rumbo. No tenía ya motivo alguno para acercarse a la estación orbital de la Luna.

Algunas horas más tarde, encontró un asteroide y aterrizó allí. Su atmósfera no era respirable. Podía haberse puesto su escafandra y salir, pero no sentía deseos de hacerlo. Recostado sobre un diván, se conformaba con observar el paisaje por la ventanilla. El cielo era de color verde oscuro, y el suelo de color ocre uniforme. Algunos vapores blancuzcos salían de una especie de pozo, no lejos del Trap; se acumulaban a ras del suelo hasta que una silenciosa explosión los proyectaba hacia lo alto de la atmósfera. Sus formas irisadas se mezclaban y se separaban, y era posible, durante un instante, imaginar extrañas siluetas de animales, mamuts, unicornios, tigres gigantes. Luego el cielo verde engullía estas turbulencias, mientras en el suelo se acumulaban de nuevo los vapores blancos.

Uma hizo contacto con Jonathan. Desde luego, le formularon algunas preguntas sobre la nave fantasma:

—Antes de entrar en comunicación, ¿exigió usted la identificación?

—Claro que sí.

—¿Y su computador no indicó nada anormal?

—Nada. Según los datos que le suministró la nave, identificó a ésta como un Trap de turismo salido de Uma.

—Muy bien, señor Silésius. Las personas que se pusieron en comunicación con usted son inteligentes, muy inteligentes incluso, puesto que han podido descifrar nuestros sistemas de control.

—¿Debo estar preocupado?

—No. Permanezca atento y avísenos si nota algo anormal. El menor detalle puede ser importante.

Antes de dormirse, Jonathan puso la alarma de su nave. Al menor incidente, Doble Cero lo despertaría. Por última vez miró por la ventanilla las grandes formas blancas que le entregaban al cielo su cargamento de animales fantásticos.

CAPITULO III

CITA EN ASTER 3020

Doble Cero hizo sonar el despertador. Uma estaba transmitiendo una comunicación de la Tierra. Soñoliento, Jonathan escuchó la voz de su padre en la cabina:

—Buenos días, Jonathan. ¿Me oyes? ¿Cómo te encuentras?

—Bien, papá.

—No te oigo muy bien. ¿Todo ha salido como lo deseabas?

—Sí, estoy muy bien, papá. Acabo de despertarme.

—¡Oye, no nos han llegado muchas noticias tuyas desde que saliste!

—Ya lo sé, pero deseaba precisamente

cambiar de ideas. ¿Comprendes? ¡Detesto las tarjetas postales!

—Tu tía Eléonore ya nos ha llamado tres veces. ¿Sabías que llegó a Uma el mismo día que tú? Lamenta no haberlo sabido antes; le hubiera gustado encontrarse contigo. Creo que irá a Venus, o algo así. Y tú, ¿al menos te diviertes?

—¡Claro que sí, papá! Era el tipo de vacaciones con que había soñado.

Escuchaba distraídamente las noticias acerca de su madre y de su hermana. Claro está, comprendía su preocupación por él; pero, a decir verdad, este contacto con la Tierra lo aburría. Acababa de despertarse, y conservaba la impresión de haber vivido toda la noche con otros rostros, otros nombres.

Apenas terminó de hablar con su padre, entró otra llamada. Con desgano, ordenó la identificación. ¡No lo dejaban en paz! Doble Cero anunció:

—Lamento parecerle un imbécil. Debo comunicarle que la nave Trap SZ 3487 solicita contacto. Turista salido de Uma. Comunicación posible.

El pulso de Jonathan se aceleró.

—¿Has hecho bien tu trabajo? ¿Estas seguro de haber verificado todo?

La respuesta del computador no se hizo esperar:

—Me entristece usted, señor. Puede dudarse de mi competencia, ¡pero no de mi consciencia profesional!

Jonathan se puso a la escucha:

—¿Señor Silésius?

—¿Cómo sabe usted mi nombre?

—Sé muchas cosas.

—¿Quién es usted?

—Mi nombre no significaría nada para usted. Simplemente deseo agradecerle. Me encuentro a bordo de la nave que usted ayudó ayer. ¿Recuerda?

—No tiene usted la misma voz.

—No era yo quien conducía.

—¿Qué significa todo esto? —refunfuñó Jonathan.

—Es muy sencillo —repuso el otro—. Ayer ayudó usted a una nave. La persona que la conducía me pidió que me pusiera en contacto con usted para agradecérselo. ¿Cree que podríamos encontrarnos?

—Ayer —dijo Jonathan—, usted me mintió. El Trap 3487 no existe. Usted no salió de Uma, y no es un turista. ¿Qué prueba que no es un enemigo?

—No hay ninguna prueba, en efecto. Us-

ted no está obligado a aceptar mi ofreci-
miento. Es usted quien decide.

Jonathan dudaba. Recordó las adverten-
cias de Cortès y de Uma. El individuo que lo
contactaba no pertenecía a la Tierra; podía
ser peligroso. Pensó en dar la alerta, pero
recordó la otra voz, la que había escuchado
el día anterior. No lograba decidirse.

—¿De dónde viene usted? —preguntó
para ganar tiempo.

—De un lugar diferente del suyo. Espero
una respuesta, señor Silésius.

—De acuerdo —murmuró Jonathan—.
Estoy dispuesto a encontrarme con usted.
Pero seré yo quien fije la cita. Estoy en Aster
3020. Lo espero aquí en el curso de treinta
minutos. Fuera.

—Seré puntual —dijo el otro—. Fuera.

Jonathan dedicó el tiempo que le quedaba
a verificar todo el sistema de defensa de la
nave. Luego, con los nervios de punta, se
apostó frente a las pantallas de control, pre-
parado para huir al menor incidente. De
nuevo le pasó por la mente la idea de avisar
a Uma, pero otra vez la desechó. No tenía
miedo alguno; sólo una gran excitación
frente a la aventura que se anunciaba.

La media hora estaba a punto de terminar,

y sus radares no habían detectado ningún movimiento. ¿Dónde podría estar la nave que esperaba? Miró afuera: nada se movía ni en el cielo ni en el asteroide. De repente, su mirada fue atraída por un desplazamiento insólito. A lo lejos, tras las turbulencias que continuaban subiendo del suelo, se desplazaba un punto; un punto minúsculo que avanzaba a gran velocidad. Durante un instante, Jonathan pensó que se trataba de un torpedo dirigido contra su Trap; pero las pantallas permanecían vacías, y Doble Cero callaba. El punto creció rápidamente: ahora podía reconocer un *scooter* del espacio conducido por un hombre con escafandra. El aparato se dirigió hacia los vapores blancuzcos, y los atravesó sin dificultad, antes de detenerse a algunos pasos de la nave. La escafandra del visitante estaba provista de un micrófono, pues Jonathan captó su voz:

—Supongo, señor Silésius, que no tiene la intención de abandonar su Trap, y que me invitará a subir a bordo.

—Exacto. En todo caso, quiero informarle que a partir de este momento se encuentra bajo vigilancia, y que el menor gesto sospechoso provocaría su muerte. Además usted no debe estar armado. Su arma sería detectada inmediatamente en la cámara de aire, a la entrada; lo pagaría con su vida. ¿De acuerdo?

—De acuerdo.

Jonathan vio en la pantalla la entrada del individuo en el Trap. Todo parecía normal. Se abrió la última puerta: estaban frente a frente. El extraterrestre se había quitado el casco, revelando unos ojos de un azul intenso, barba y cabellos cortos, de color rojo.

—Me llamo Orlando —dijo—. Vengo a agradecerle de parte de mi hermana. Era ella quien se encontraba a bordo de la nave que usted tuvo la gentileza de ayudar. El Concejo de nuestro pueblo no deseaba que nos pusiéramos en contacto con usted. Fue mi hermana quien insistió en hacerlo.

—¿Puede saberse por qué?

—Por una razón muy sencilla: no nos agrada mentir. Mi hermana refirió su aventura y contó cómo se vio obligada a hacerse pasar por un turista para obtener su ayuda sin alertar inmediatamente a las patrullas. En efecto, consideramos a su capitán Cortès y a sus semejantes como lobos asesinos. Destruyen todo lo que no proviene de la Tierra, so pretexto de seguridad.

—¿Y entonces?

—El Concejo culpó a mi hermana por su mentira, y ella aceptó de mala gana. Decidió reparar su falta inmediatamente, y el Concejo se lo permitió a disgusto.

—¿Por qué a disgusto?

—Porque corremos un riesgo, pequeño, es cierto, para nuestra propia seguridad. A decir verdad, encontramos que ustedes son excesivamente belicosos, e incluso peligrosos. Hace siglos que nuestro pueblo los observa: poco se entienden entre ustedes, nunca han sabido vivir en paz. ¿Cómo podríamos confiar en ustedes? Por eso los eludimos. Frecuentarlos sería... ¿Cómo decirlo?... Arriesgado.

Jonathan prefirió cambiar de conversación.

—¿Por qué no vino su hermana?

—Simple cuestión de prudencia. Ella lo defendió a usted. Dijo que parecía pacífico. Otra persona debía conocerlo para asegurarse... A propósito, le traje un regalo.

Orlando metió la mano en el bolsillo. Cuando la sacó, apuntó con un revólver al terrícola. Levantó el arma, tranquilamente, apuntando a la cabeza. Jonathan cerró los ojos. Estaba pálido. Pasó un segundo, dos segundos; le parecieron siglos. Cuando se atrevió a mirar de nuevo, el otro ya no le apuntaba; se acercaba a él sonriendo y le tendía el arma.

—¿Por qué se asusta? Le dije que se trataba de un regalo, ¿no es verdad? Tómelo. Es una pistola láser, y es para usted. De parte de nuestro Concejo.

—Gracias —murmuró Jonathan, que intentaba, mal que bien, recobrar la calma.

—Usted habrá notado, señor terrícola, la poca eficacia de sus sistemas de control de los cuales, no obstante, se muestran tan orgullosos. Identificaciones, contactos regulares con Uma, patrullas de vigilancia... ¿Cuándo habrán terminado de protegerse? Entré aquí con esta pistola, aun cuando teóricamente esto sea imposible. Confundimos a su computador haciéndonos pasar por turistas, y cuando lo deseamos, borramos todo de su memoria. Si alguien más lo interrogara a propósito de nuestro encuentro, inmediatamente lo olvidaría...

—¿Y si yo decidiera arrestarlo, querido extranjero?

Fue Doble Cero quien habló. Detrás de Orlando, un panel acababa de caer, descubriendo dos robots, una de las armas secretas del Trap. Avanzaron amenazadoramente en dirección al extraterrestre, quien no se movió. Pero se detuvieron súbitamente, paralizados. Una nube de humo salía de sus cabezas; ya no eran más que dos muñecos inútiles. Orlando se dirigió hacia la salida.

—Explíquele a su computador que nunca se debe provocar a un invitado. No se preocupe usted por sus dos gorilas: sólo hay que cambiarles algunos circuitos.

Jonathan no comprendía nada: el extranjero había puesto a los dos robots fuera de acción sin esbozar siquiera un gesto. Comenzaba a asombrarse realmente.

—¿Quiere usted acompañarme a mi *scooter?* —prosiguió el otro, como si nada hubiese sucedido.

Salieron.

Cuando llegaron al *scooter,* Jonathan aprovechó el momento en que el extraterrestre le daba la espalda para apuntarle con la pistola láser.

—¡Orlando!

Este giró hacia Jonathan, y vio el arma que le apuntaba.

—Si disparo, ¿me inutilizará usted como a los robots?

—No —respondió el otro sin inmutarse—. Si dispara, moriré. Podrá llevar mi cadáver a Cortès, quien lo festejará como a un héroe.

Sin prestar atención a la pistola, puso en marcha su *scooter*. En el momento de partir, cambió de opinión.

—Ah, se me olvidaba —dijo.

Buscó de nuevo en el bolsillo, y sacó un estuche.

—De parte de mi hermana.

Jonathan lo tomó y lo abrió. El estuche contenía un collar del cual pendía una joya, forjada en un metal nativo que brillaba como el oro.

Cuando el hombre hubo desaparecido, Jonathan regresó a su nave. Los robots estaban allí plantados, delante de él, como dos estatuas.

—Vamos, Doble Cero, dime cómo debo reparar estos pobres muñecos. Te portaste deplorablemente en este asunto. ¡Y yo también!

Abrió la cabeza de los dos autómatas y, siguiendo las instrucciones del computador, reparó los circuitos dañados.

—Ya está. Hazlos entrar de nuevo en su cajón, Doble Cero. ¡Ya los hemos visto demasiado!

Los robots, que habían recuperado su aspecto de guardias invencibles, regresaron a su lugar, y el panel se cerró tras ellos.

—Ahora —dijo Jonathan—, a trabajar. Hay dos o tres cosas que deseo verificar. En primer lugar, nuestra nave estaba en estado de alerta, ¿no es verdad?

—Afirmativo. Todo estaba funcionando perfectamente.

—¿Cómo te explicas que nuestro huésped haya podido entrar armado?

—Para mí es un misterio. La pistola debiera haber sido detectada; pero no fue así.

—En segundo lugar, ¿las cámaras funcionaban normalmente?

—Por supuesto. Las cámaras y los magnetófonos se pusieron en marcha desde el momento en que el extraterrestre llegó en su *scooter*. Fue filmado dentro y fuera del Trap.

—Perfecto. Quiero ver entonces la grabación de nuestro encuentro con Orlando.

Jonathan se colocó frente a una pantalla de vídeo. Nada aparecía en ella.

—¿Qué sucede, Doble Cero?

—Sucede —dijo el computador en tono grave—, que no puedo explicarme lo que ocurre. Una aventura semejante nunca me había sucedido en diez años de carrera. Tampoco le ocurrió a mi padre, el computador PM 311041, mi modelo generador. Las cámaras y los magnetófonos funcionaban perfectamente, puedo jurarlo. Pero no grabaron nada.

—Lo sospechaba, Doble Cero. Estas personas juegan con nuestros aparatos con una facilidad irrisoria. Creemos vigilarlos cuando de hecho se nos escapan.

En el fondo, Jonathan no estaba descontento. Había aceptado un encuentro arriesgado, y todo había salido bien. El extraterrestre le había parecido, en fin de cuentas, simpático. ¿No le había regalado el collar y la pistola láser? Sacó el collar del estuche, y se lo puso en el cuello. «De parte de mi hermana», dijo Orlando. Era ella, la voz que había escuchado la primera vez, y que no lograba olvidar.

CAPITULO IV

LAS ABEJAS DE ORO

Los vapores blancos se elevaban regularmente del suelo y luego estallaban en silencio sobre el cielo verde. Jonathan decidió desembarcar en aquel trozo de planeta perdido en el universo. Se puso el atuendo de salida, se ajustó el casco e hizo descender el *scooter* por un brazo mecánico. Llevaba consigo la pistola que le había regalado el extranjero. Al llegar al asteroide, caminó inicialmente con precaución para adaptar sus movimientos a la gravedad. Pronto se sintió a gusto.

—Examinemos este regalo —se dijo.

El funcionamiento del arma era muy sencillo. Apuntó hacia una roca y disparó. No hubo ruido. Una llama larga, muy delgada, alcanzó la roca, que no se movió.

—¿Qué significa esto? —murmuró Jonathan.

Al acercarse para verificar el impacto, no percibió nada. Pero en cuanto su mano rozó la roca, ésta se volatilizó. Una nube de polvo flotó durante un instante en la atmósfera antes de disolverse. Jonathan se preguntó si no habría soñado. Levantó de nuevo el arma, apuntó hacia otro blanco, y disparó. El mismo fenómeno se repitió, y la roca, al igual que la primera vez, se volatilizó al tocarla.

En ese preciso instante, el terrícola sintió pánico. El arma se le cayó de la mano; los brazos y las piernas le temblaban; sentía escalofríos en la espalda. No lograba controlarse. ¿Quiénes eran estos hombres, capaces de inventar armas tan poderosas? La imagen de Orlando apuntándole con la pistola en el Trap le vino a la memoria. Si hubiera disparado, lo habría reducido a la nada, exactamente como había sucedido con las rocas, de las que nada quedaba. Esta idea lo obsesionaba: habría desaparecido sin dejar rastro; nadie habría sabido qué había pasado con él. Luego recordó cuando le apuntó a Orlando con el arma, diciéndole: «Si disparo, ¿me inutilizará usted como a los robots?» Y éste había respondido: «Si dispara, moriré. Podrá llevarle mi cadáver a Cortès, quien lo festejará como a un héroe». Orlando había mentido: su cadáver se habría desintegrado.

Poco a poco, Jonathan recobraba la calma. Se obligaba a respirar profundamente, y sus pensamientos se sucedían con más orden. Comprendía que en todo momento de su viaje se había encontrado, sin saberlo, a merced de poderes que lo superaban, capaces de interceptarlo y aniquilarlo. Que hubiese en el cielo centenares de patrullas y de capitanes Cortès no alteraba nada. Se trataba de gente infinitamente superior, que podía descodificar las conversaciones cifradas, pasar por un computador como por un molino para hacerle devorar cualquier mensaje, y ridiculizar los sistemas de control más confiables.

Todo se aclaró entonces en su mente: el daño del computador era un truco. En efecto, Orlando y sus semejantes testimoniaban un excesivo dominio en todos los campos como para pasearse en naves defectuosas. «Me engañaron, es seguro. Inventaron el cuento del daño; apostaría cien contra uno». Curiosamente, esta certeza lo tranquilizó. Si habían inventado esta escena, era porque buscaban un medio de comunicarse con él. Tenían algo que decirle, y por esta razón Orlando se había presentado, so pretexto de agradecerle. Efectivamente, Jonathan nunca había sido amenazado. Orlando había mostrado, ciertamente, su superioridad; pero, al mismo tiempo, le había testimoniado su confianza al subir a su *scooter* sin preocuparse por la pistola que le había regalado. No, estas personas no eran peligrosas. Además, la voz que había escuchado la primera vez no era la de un enemigo; era una voz amistosa.

Súbitamente, Jonathan tuvo la impresión de que lo estaban observando. Miró a su alrededor, pero nada se movía, fuera de las grandes turbulencias irisadas que se elevaban hacia el cielo con un ritmo regular. Examinó con atención cada roca, cada ondulación del terreno, sin descubrir presencia alguna.

Al levantar la cabeza comprendió su sensación: Justo encima de él, a un centenar de metros, se encontraba un globo redondo, plateado, inmóvil. La canasta que colgaba de él parecía vacía, pero no se confiaba. Sabía que el globo no se había colocado allí, sobre su cabeza, por azar. Esa esfera plateada, que brillaba vivamente, lo irritaba. Estaba seguro de que se hallaba habitada, pero se había hecho lo posible para que él creyera lo contrario. Lo observaban, cuidándose de no dejarse ver. Se tendió en el suelo y esperó. Cada cierto tiempo, se levantaba y hacía grandes signos con los brazos, para indicarles que se burlaba de ser observado:

—¡Oh, oh! ¡señores del globo!

Luego se tendía de nuevo, impaciente y divertido a la vez.

Al cabo de una hora, quizás más, el globo se puso en movimiento; su lenta marcha evocaba la de un gran pájaro que olvidara batir las alas. Pero en lugar de acercarse, el aparato se alejaba hacia otro lugar del asteroide, en dirección a una cadena rocosa que pronto lo ocultó de su vista. La cólera se apoderó entonces del terrícola. ¿Quién se burlaba de él? ¿Quién se permitía observarlo en silencio, espiar sus actos y sus gestos, y luego alejarse sin hacer el menor signo? Furioso, puso en marcha su *scooter* y se dirigió hacia el sitio por donde había desaparecido el objeto volador.

Al llegar a la cima de la cadena rocosa, divisó inmediatamente el globo. Se encontraba allí, en medio de una cadena volcánica de regular tamaño. La canasta flotaba a ras del suelo. Alguien había descendido e intentaba arrastrarla hacia un grupo de rocas, sin duda con la intención de atarla a ellas. El globo se movía lentamente; parecía un animal prehistórico veinte veces más grande que un hombre, y que se rehusaba a dejarse amarrar como un vulgar borrico.

Jonathan descendió del *scooter* y se dirigió hacia el individuo, que tenía un traje y un casco similares a los de Orlando. Se encontraba a pocos metros, cuando el otro lo divisó.

—¡Ah!, ¡ahí está usted! Llega un poco tarde para ayudarme a atar el globo. Pero no importa: puede al menos ayudarme a bajar mi *scooter* y todo el material.

La reconoció inmediatamente. La voz que le había pedido ayuda para el daño de la nave era indudablemente la suya. Un poco sorprendido al verse acogido de esta manera, se puso a descargar la canasta, esperando el desarrollo de los acontecimientos.

Cuando hubo terminado el trabajo, se colocó delante de ella.

—¿Por qué me vigila?

—¿Yo, vigilarlo? ¿Se cree usted interesante hasta ese punto?

—¡Usted permaneció más de una hora precisamente encima de mí!

—Naturalmente; dormía la siesta.

Era evidente que se burlaba de él. Sin embargo, su voz era dulce y amistosa. Parecía como si no deseara herirlo, pero no estaba dispuesta a dar explicaciones cuando no lo deseaba. Lo que más asombraba a Jonathan era que lo hubiese recibido como si se conocieran desde siempre, como si fuesen viejos compañeros de colegio, siempre dispuestos a bromear. No obstante, no era terrícola. Era una extranjera cuyo nombre y lugar de origen ignoraba. Sabía solamente que era la hermana de Orlando. Finalmente, decidió burlarse a su vez:

—Bueno, voy a dejarla con su globo. Si tiene algún problema, llámeme.

Ella se encogió de hombros.

—Ah, es verdad —dijo ella—. Sin duda desea que le agradezca de nuevo su ayuda. Se portó maravillosamente en su papel de caballero andante. Mil gracias por haberme prestado su computador.

Parecía casi agresiva.

—Hay algo que quisiera saber antes de irme —dijo Jonathan—. ¿Cuál es el motivo de toda esta comedia? ¿Pretenden hacerme creer que un pueblo tan avanzado como el suyo construye naves equipadas con computadores defectuosos? ¿Me toma usted por un ingenuo?

—Lo tomo por lo que es. Y, después de todo, tanto mejor si no nos cree. ¡Eso demuestra que no es totalmente idiota!

—¡Gracias por el cumplido! Entiéndame. Yo debiera informar a Uma acerca de su presencia. Es una cuestión de seguridad. Mientras no sepa quién es usted y lo que desea, debiera desconfiar de usted. ¿Comprende?

—Claro que comprendo. Pero se hace tarde, y todavía tengo mucho que hacer. Vine a buscar miel.

—¡Miel! —repitió Jonathan incrédulo—. ¡Estoy hablando de cosas muy serias, y usted desvía la conversación con tonterías!

—En absoluto —dijo ella—. Siempre vengo a recoger miel a este asteroide donde nos encontramos ahora. Espero que su aterrizaje no haya perturbado demasiado a las abejas de oro; no les agradan las vibraciones ni el ruido.

—Ahora comprendo por qué vino en

globo. ¡Encontraba este medio de transporte un poco anticuado para una extraterrestre!

Ella no respondió y se puso a cargar cajas en su *scooter*. De repente Jonathan se sintió mal por la frase que él acababa de pronunciar. Había deseado decir la última palabra, herirla en su amor propio. Pero mientras ella, en silencio, se dedicaba a acomodar sus cosas con gestos tranquilos, se sintió ridículo. Ella se instaló luego en su *scooter* y se volvió hacia él.

—Entonces, ¿vamos a buscar la miel?

La invitación lo tomó por sorpresa. Ella lo miraba, esperando su respuesta. El también la miraba, y vio por primera vez sus cabellos negros y sus ojos verdes. Sentía extrañeza al hablarle a través del micrófono de su casco, y de sonreír detrás de los cinco milímetros de plexiglás de alta seguridad de su escafandra. Ella continuaba esperando, sonriente, encerrada también en su escafandra, pero sin que esto le molestara. Evidentemente, estaba acostumbrada a este modo de vivir.

—Entonces —dijo ella—, ¿vamos por la miel?

—De acuerdo. Voy por mi *scooter*.

—No hace falta. Hace demasiado ruido. Venga conmigo, hay sitio para dos.

Jonathan se subió al *scooter* y se instaló detrás de ella.

—Sosténgase bien —le recomendó ella.

El aparato arrancó sin sacudidas. Se deslizaba por el suelo, mostrando una flexibilidad y una comodidad superiores a todo lo que el terrícola había experimentado hasta entonces. Ella conducía sin tropiezos, pero muy rápido, tomando una por una las largas curvas. Llegaron a las faldas de las montañas y se internaron en las laderas rocosas.

—¿Por qué me advirtió que me sostuviera? No hubo ninguna sacudida.

—Por bromear —respondió—. Este *scooter* es diferente de las viejas chatarras que usan ustedes.

Había disminuido la velocidad, y subía en círculos las laderas del cráter. Evidentemente, le agradaba conducir.

—¿Cómo debo llamarla? —preguntó Jonathan.

—Flora. Es la traducción más precisa de mi nombre. Mi hermano se llama Orlando; no sé si se lo dijo. Y usted, ¿cómo se llama?

—Jonathan, usted lo sabe muy bien.

—Lo sabía, pero deseaba oírselo decir.

Se detuvieron en la falda de una colina. Alrededor no había más que inmensos campos de piedras, antiguos pedazos de lava enfriados desde hacía tiempo, y cuyos gases, al escaparse, habían formado innumerables cavidades. Estas rocas, acribilladas de huecos por todas partes, emanaban una muda desolación. Un árbol calcinado, una ruina como las que se veían en algunos desiertos de la Tierra, habría disminuido sin duda esta impresión de inhumanidad que se imponía a la vista. Pero nada, ni un vestigio, ni el menor rastro de vida, alteraba el orden primigenio de las cosas.

El paisaje no parecía producirle un efecto deprimente a Flora. Ella descargó sus cajas, se las tendió a Jonathan y le hizo señas para que la siguiera. Caminaron durante algún tiempo en medio de las rocas de color marrón. Jonathan comenzaba a preguntarse si las abejas no serían un invento de su compañera, cuando vio que ella se inclinaba y buscaba entre un hueco con la ayuda de un recolector provisto de un largo mango. Sacó de allí una gelatina translúcida que emitía reflejos de luz.

—Mire la miel —dijo—. Estamos en el mejor momento de nuestra producción.

—¿Su producción?

—Sí, mía y de Orlando. Desde que descubrimos las abejas de oro, las visitamos a menudo. Nos dan su miel, y nosotros las alimentamos.

—Pero no he visto una sola abeja —dijo Jonathan.

—¡No sea tan impaciente!

—¿Y cómo las alimentan?

—¡Ya lo verá! Y ahora, cállese. Va a espantarlas.

Flora continuó su búsqueda entre las rocas. Jonathan la seguía, intrigado y silencioso. Se preguntaba cómo podrían vivir abejas en un lugar semejante, y dónde diablos podrían anidar. Pronto se puso a buscar él también la miel. Cuando creía verla en un hueco, le hacía señas a Flora, quien venía a recolectar la preciosa gelatina. Luego le tendía una de las cajas para guardarla. Cuando todas estuvieron llenas, cesaron sus pesquisas. Flora sacó una especie de lanzacohetes en miniatura.

—¿Qué hace? —preguntó Jonathan, quien tenía dificultades para contener la lengua.

—Preparo el alimento de las abejas de oro. En la Tierra, las abejas se alimentan de flores. Las abejas de oro son diferentes de ellas: les agradan la luz y el fuego.

Disparó hacia el cielo. Una serie de minúsculas bolas de fuego estallaron sobre sus cabezas.

—Vengan, pequeñas —murmuró Flora.

Disparó por segunda vez, y de nuevo las bolas de fuego se elevaron como verdaderos fuegos artificiales. Entonces aparecieron las abejas de oro. Primero sólo algunas, luego centenares de ellas. Eran unas abejas pequeñas, de alas doradas y cuerpo casi transparente. Cada vez que Flora disparaba, se precipitaban sobre las bolas de fuego para comérselas. Sus cuerpos, durante un instante, se iluminaban interiormente y luego regresaban a su estado inicial. Giraban, zumbaban, y se deleitaban gustosas con esa cena aérea. Y Flora les hablaba: «Vengan, pequeñas, coman este fuego delicioso. Vamos, no se atropellen; habrá suficiente para todas». Reía. Había millares de abejas. Formaban un ballet dirigido por Flora al ritmo de sus disparos. El espacio, pletórico de movimientos, centelleaba y vibraba. Luego, todo quedó en silencio. Las abejas desaparecieron súbitamente.

—Ya está —dijo Flora—. Estarán llenas de energía durante un buen tiempo.

—¿Las alimenta a menudo?

—Cada vez que necesito miel. Es un prin-

cipio: si le quitamos algo a la naturaleza, debemos compensárselo.

—¿Y si usted no viniera?

—Ellas pueden vivir por sí mismas. ¿Ha observado usted este terreno volcánico? Para nosotros, está completamente frío; pero para ellas, contiene suficiente calor. Buscan entre los huecos y recolectan partículas ínfimas de energía con las que se alimentan. Eso les basta.

Mientras hablaba, Flora había ordenado su material, ayudada por Jonathan. Subieron de nuevo al *scooter* y emprendieron el camino de regreso. Conducía sin prisa, multiplicando los rodeos como para que su acompañante pudiese apreciar mejor el paisaje. Pronto llegaron a la cadena de montañas de donde habían partido.

—Flora, mire —gritó Jonathan—. ¡Su globo desapareció!

Ella soltó una carcajada.

—No, no ha desaparecido. Usted no lo ve, pero ahí está. Cuando algo pasa cerca de él, las pantallas de protección se colocan en su lugar y lo vuelven invisible. Cuestión de seguridad, como dicen ustedes. Sin duda, su capitán Cortès se paseaba demasiado cerca de él durante nuestra ausencia.

Se acercaban al lugar donde habían dejado el globo y todavía no lo veían. Luego, de repente, apareció ante sus ojos, a unos veinte metros de distancia. Inclusive había una nave a su lado. Orlando, sentado en el suelo, los estaba esperando.

—Bueno, Jonathan, ¿qué tal estuvo la recolección?

—Excelente. Tienen ustedes unos animalitos maravillosos. Nunca hubiera sospechado su presencia en un desierto semejante.

Orlando se puso serio.

—Ahora, debo decirle algo Jonathan. Ese pendiente que lleva usted en el cuello no es, en realidad, un regalo de Flora. Es un micrófono detector. Gracias a él, pude seguirlos durante su paseo. En caso de que usted se hubiera mostrado... algo peligroso. ¿Comprende?

—Claro que comprendo —respondió Jonathan con amargura—. Se ponen en contacto conmigo, pero desconfían. ¡Al igual que el capitán Cortès!

—Pronto se dará cuenta de que hay una gran diferencia entre el capitán Cortès y nosotros, Jonathan. Perdónenos; es la primera vez que tratamos un terrícola.

—¿Y la pistola que me entregó, sin duda tampoco es un regalo?

—Infortunadamente, no. Esa pistola tiene una trampa. Si hubiera disparado más de cinco tiros en menos de treinta segundos, usted habría sido aniquilado. Ahora estamos tranquilos con usted; sabemos que no es un loco destructor. Espero que nos excuse por haberlo hecho pasar esta pequeña prueba.

—¡Qué manera de obrar la de estos amigos! —exclamó Jonathan, que no reía en absoluto—. ¡Casi me mato, y ustedes llaman eso una pequeña prueba!

Flora intervino:

—Pero no te mataste, y no podías matarte, puesto que no tienes ese instinto destructivo que tanto nos atemoriza.

Jonathan la miró tristemente; se quitó el collar y se lo entregó:

—¡Gracias por el regalo de todas maneras, Flora!

Tenía un nudo en la garganta, no sabía qué decir. Orlando había subido ya a su nave. Flora tomó una caja de miel.

—Ya lo verás —le dijo ofreciéndole la caja—, es una miel maravillosa. Y ahora ya sabes cómo alimentar a las abejas.

Jonathan tomó la caja. Vio cómo Flora
reglaba su material en la canasta del
obo, y ni siquiera pensó en ayudarle. Ella
hizo una pequeña seña con la mano, y
onto se elevó sobre el asteroide. La siguió
n la mirada hasta que se convirtió en un
unto ínfimo en el espacio. No sabía por
ué, se sentía feliz y al mismo tiempo sentía
eseos de llorar.

CAPITULO V

EL ACCIDENTE

De regreso a la nave, Jonathan se puso en contacto con Uma para informar que todo estaba en orden. Comió la miel que le había regalado la extraterrestre y tomó la precaución de destruir la caja. Luego se durmió. Al despertar, la primera imagen que le vino a la mente fue la de las abejas que se precipitaban sobre las bolas de fuego. Pensaba en Flora. Ella no le había dicho nada en el momento de partir, pero tenía la convicción de que volvería a verla.

Sonó el timbre de las llamadas. Ordenó la identificación y la respuesta apareció en la pantalla de control. Era Cortès. Pronto resonó su voz:

—Señor Silésius, nos encontramos encima del asteroide. No abandone su nave, estaremos allá en un momento. Fuera.

Su tono era seco e imperativo. A Jonathan no le gustaba esta manera de dar órdenes. No había tenido tiempo siquiera de decir una palabra. Para indicar su desagrado, se puso el atuendo de salida y esperó al capitán a la entrada del Trap.

Aparecieron tres naves en el cielo, tres naves de color rojo oscuro que maniobraban con rapidez. Aterrizaron a cierta distancia, detrás de la cadena de colinas. Pronto surgieron de allí tres vehículos ligeros. Avanzaron y se desplegaron para tomar posición alrededor del Trap. Algunos hombres desembarcaron, empuñando sus armas; los demás permanecieron de pie dentro de los vehículos para cubrir a sus camaradas. Cortès, identificable por los galones que le cubrían el pecho, avanzó:

—Ayer sobrevolamos este lugar y divisamos su Trap. Llamamos, pero nadie respondió. Sin duda había salido usted, ¿verdad?

—Correcto —contestó Jonathan—. Salí a pasear por el asteroide. No está prohibido, supongo.

—Claro que no. Sólo que, usted comprende, después de lo que le sucedió, teníamos derecho a inquietarnos.

—¿De lo que me sucedió? ¿Qué quiere usted decir?

—Hablo de ese extraño contacto con la nave que solicitaba ayuda. El centro de control de Uma consideró todas las posibilidades. La más probable es que haya sido contactado por extraterrestres. Por qué razón, lo ignoramos. Actualmente, el universo no es muy seguro, y no desearíamos que un terrícola corriera riesgos innecesarios. Usted admitirá, estoy convencido, que lo vigilemos más de cerca durante un tiempo.

—Hágalo, si lo desea, capitán. Pero tranquilícese; no estoy en peligro.

Cortès le lanzó una mirada inquisitiva.

—¿Qué sabe usted exactamente? ¿Quién puede saber lo que maquinan seres que son diferentes de nosotros? Me encuentro aquí para inspeccionar su nave. Algunos indicios pueden haber pasado inadvertidos para usted, pero no para nuestros especialistas. ¿Nos permite?

—Con mucho gusto —dijo Jonathan en un tono despreocupado. Interiormente estaba resentido por esta investigación, pues consideraba que era una vejación innecesaria.

69

El capitán llamó a sus hombres. Tres de ellos subieron al Trap, y los otros se pusieron a inspeccionar los alrededores. Estaban provistos de «perros», es decir, de pequeñas esferas metálicas, erizadas de ojos y de antenas, llenas de mecanismos electrónicos. Cada uno de estos «animales» cubría más terreno que un tropel de sabuesos, y nadie los igualaba en detectar el menor indicio. Jonathan permanecía al lado del capitán, quien vigilaba el trabajo de sus hombres.

Transcurrieron uno o dos minutos. Uno de los hombres se asomó a la puerta.

—¿Qué sucede, Black?

—Algo extraño, capitán. Hemos verificado todas las grabaciones. No hay huella alguna de la llamada de la nave. En cuanto al computador, no es demasiado comunicativo. No recuerda casi nada.

Cortès se dirigió a Jonathan:

—¿Cómo explica usted esto?

—Yo no explico nada, capitán. Y si me hubiera dicho qué buscaban, habría podido evitarles una pérdida de tiempo. Ya estaba al corriente de la ausencia de grabaciones.

—Entonces —dijo Cortès—, se trata de seres muy astutos.

—No lo dudo —afirmó Jonathan.

En el fondo, le agradaba ver a Cortès y a sus hombres desconcertados. Pero su satisfacción duró poco. Uno de los hombres que inspeccionaba el terreno se acercó. Llevaba en la mano la pistola que le había regalado Orlando a Jonathan y que éste había olvidado estúpidamente en el sitio donde la había ensayado.

—Capitán, mi perro encontró este objeto. No proviene de la Tierra.

Cortès examinó minuciosamente el arma.

—Esta pistola —observó—, es de un modelo desconocido. ¿Dónde la encontró?

—Allá, cerca de las rocas.

—¿Cómo explica usted la presencia de esta arma cerca de su Trap, señor Silésius?

—¿Y cómo quiere usted que la explique? —replicó éste, molesto—. Estoy en la misma situación que usted.

Cortès le devolvió el arma al que la había encontrado.

—Ensáyela, Nabal.

—No, capitán —exclamó Jonathan—. ¡Puede ser peligroso!

—¿Y cómo lo sabe? —preguntó Cortès, sospechando algo.

El hombre llamado Nabal se alejó unos veinte pasos, apuntó a una roca y disparó.

Jonathan previó lo que iba a suceder. Sorprendido de que nada hubiese sucedido, Nabal se acercó a verificar el impacto. En el momento en que tocó la roca, ésta se volatilizó. Titubeó, luego apuntó por segunda vez y disparó. Al contacto de su mano, la roca se convirtió en polvo. Lleno de excitación, Nabal gritó:

—¿Lo vio, capitán? ¡Qué arma, Dios mío, qué arma!

Jonathan recordó las palabras de Orlando: «Si hubiese disparado cinco veces en menos de treinta segundos...» Se dirigió al capitán:

—Se lo ruego, detenga esta ridícula demostración.

Pero Cortès lo fulminó con la mirada.

—Soy yo quien da las órdenes aquí, señor Silésius. ¡A mí nadie me da órdenes!

Entretanto, Nabal había disparado por tercera vez, riendo y gesticulando. Luego disparó una y otra vez más. Súbitamente se detuvo en posición de apuntar, con los brazos tendidos hacia adelante y las piernas flexionadas, como lo hacen quienes están bien entrenados. Permaneció así un segundo, dos, tres.

—¿Qué sucede, Nabal?

Pero Nabal permanecía en la misma posición, absolutamente inmóvil, y no respondía. Cortès se acercó y le tocó la espalda. El hombre se pulverizó. No quedó rastro de él ni de la pistola.

Cuando Cortès regresó hacia Jonathan estaba irreconocible. Tartamudeó:

—Es enojoso, muy enojoso. Un lamentable accidente. Creo que voy a verme obligado a interrumpir su viaje.

—Ese hombre corrió un riesgo —observó fríamente Jonathan—. Jugó con un arma que no conocía. ¡Y fue usted quien dio las órdenes, capitán!

Cortès dudaba. Evidentemente, deseaba restarle importancia a este sucio asunto en el que se sentía implicado.

¿No fue él quien le dio el arma a Nabal? Llevar a Jonathan de regreso a Uma era darle aún más importancia al incidente. Jonathan podría aprovechar la oportunidad para dar su versión de los hechos y recalcar la responsabilidad de Cortès.

—Está bien, señor Silésius. Continúe su viaje. Pero, por favor, no nos oculte nada. Lo digo por su propio interés.

Los hombres, que habían permanecido inmóviles, regresaron como autómatas a sus vehículos y partieron con su jefe.

Jonathan vio cómo retornaban a las colinas en dirección a su nave.

—¡Qué idiota es todo esto! —murmuró.

Orlando no tardó en manifestarse. Llamó al Trap apenas despegó la patrulla.

—Entonces, ¿ya partieron los ángeles guardianes? Espero que no haya habido contratiempos.

—No, pero tengo algo que decirle.

—Bien, voy para allá. Fuera.

Como la primera vez, Jonathan se colocó delante de las pantallas de control, pero no pudo observar el menor movimiento. Esta parálisis total de los instrumentos que se producía al acercarse el extraterrestre, lo ponía fuera de sí. Habría preferido un incendio a bordo u oír todas las alarmas sonando al mismo tiempo a encontrarse delante de sus pantallas vacías. Descargó inútilmente su ira contra Doble Cero, quien hacía todo lo que podía. Luego golpeó rabiosamente los teclados, sin éxito. Entonces, no tuvo más remedio que esperar a que Orlando quisiera manifestarse.

Cuando divisó a lo lejos el *scooter*, recobró la calma. El extraterrestre se detuvo al pie del Trap, e hizo un gesto con la mano para indicar que se disponía a entrar.

—¿Qué regalo me trae usted hoy, Orlando?

—Ninguno. ¿Por qué me hace esa pregunta?

—¡Porque sus regalos están envenenados! Un hombre murió por su culpa.

—Entonces alguien disparó —murmuró Orlando, y, súbitamente, se sintió incómodo.

—Sí, un pobre tipo que no hacía más que seguir las órdenes de su capitán.

—En verdad lo lamento.

No intentó disculparse, por ejemplo, achacándole la responsabilidad del accidente al capitán. Parecía muy afectado por lo ocurrido. Evidentemente, nunca había tenido la intención de hacerles ningún daño a Cortès ni a sus hombres. Partió en silencio.

Jonathan había descubierto que los extraterrestres más civilizados no podían preverlo todo, y esto los hacía más simpáticos ante sus ojos. Los que había conocido no tenían intenciones belicosas, pero sentían la agresividad de los terrícolas como una verdadera amenaza, lo que explicaba su desconfianza y la prueba de la pistola. «Es cierto», se dijo, «que no lo hacemos mejor nosotros con todos nuestros sistemas de vigilancia».

Como para confirmar su idea, Uma entró en comunicación con él en ese preciso momento. Ya estaban al corriente del accidente ocurrido allí.

—¿Todo en orden, señor Silésius?

—Sí, todo está perfectamente bien.

—Perdone nuestra insistencia, pero su respuesta no es suficiente. Usted acaba de sufrir un shock, y debemos asegurarnos de que el accidente que le ocurrió a ese hombre no lo haya perturbado. Le rogamos someterse a las pruebas. Esperamos que usted comprenda que lo hacemos por su bien.

—Sí, por supuesto —suspiró Jonathan.

Se desvistió y se tendió sobre una camilla que había salido de la pared para este efecto. Una cámara se colocó sobre él, mientras varios electrodos se ubicaban en distintos lugares de su cuerpo.

—Enumere, por favor, el color de las bombillas que se encienden.

—Amarillo, verde, azul, amarillo, rojo.

—Perfecto. Mire con atención el punto luminoso situado a su izquierda. ¿Lo ve?

—Sí.

—¿Se desplaza?

—No, está fijo.

—¿Y ahora?

—Ahora creo que se está desplazando un poco.

—¿En qué dirección?

—Hacia la izquierda.

Los exámenes continuaron. Jonathan estaba fatigado e irritado, pero no lo aparentaba. Sabía que en caso de obtener resultados negativos, el centro de control podía ordenarle regresar a la mayor brevedad, y no deseaba interrumpir un viaje tan apasionante. Finalmente, Uma pronunció el veredicto:

—Todo en orden, señor Silésius. Un poco de hipertensión, pero no es nada grave. El informe sobre su estado de salud nos tranquiliza. Continúe con sus vacaciones, y si tiene algún problema, háganoslo saber de inmediato. ¡Buen viaje!

Uma le deseó una feliz continuación de su viaje, pero Jonathan había perdido todo deseo de hacer turismo. No sentía necesidad de salir. Optó por recostarse, y permaneció inmóvil, contemplando el asteroide por la ventanilla. Detrás de las grandes turbulencias, las colinas de color marrón se destacaban sobre el horizonte. Recordó cuando caminaba al lado de Flora, buscando la miel. Se había sentido feliz con ella.

CAPITULO VI

EL INVIERNO ASTRAL

El cielo, que no había cambiado desde el aterrizaje del Trap en el asteroide, se ensombreció. Primero fue un oscurecimiento apenas perceptible, luego, rápidamente, el conjunto de colinas desapareció en la penumbra.

—¿Qué sucede, Doble Cero?

—Sucede, señor, que el asteroide en el cual nos encontramos y cuyo nombre es, se lo recuerdo, Aster 3020, entra en invierno, si puede decirse así, o si prefiere, en su fase de enfriamiento. Durará tres días. Dentro de veintiún minutos y cuatro segundos exactamente, todo el asteroide se sumirá en la noche. Inmediatamente, comenzará a caer la primera nieve que durará de ocho a diez horas. La capa de nieve alcanzará una altura de varios metros en algunos lugares, y puede dificultar el funcionamiento de su Trap. Usted dispone de una hora para partir, dos máximo, si le gusta correr riesgos. Transcurrido este tiempo, no puedo responder por su seguridad ni por la mía.

—Gracias, Doble Cero. Eres conversador, pero bueno.

Media hora después, Jonathan desprendió su Trap de la gravedad. Decidió satelizarlo alrededor del asteroide y esperar el fin del invierno. Tres días girando en la noche, era una experiencia que nunca había tenido. Podría haberse encaminado a una región más hospitalaria del cielo, pero no sentía la necesidad de hacerlo. Sentía que debía permanecer cerca de esta nueva tierra; todavía podía aprender mucho de ella cuando saliera de la oscuridad. Era allí donde había conocido a Flora y comido la miel. Deseaba asistir al despertar del asteroide, al resurgimiento del sueño helado. Y nadie, ni siquiera Cortès, podría impedírselo.

El Trap giraba a una velocidad vertiginosa, pero la falta de puntos de referencia le impedía a Jonathan tomar consciencia de su rumbo. En el exterior todo era noche. Por las ventanillas no se veían estrellas, ni soles, ni cuerpo celeste alguno. El sol del asteroide y la curvatura de su horizonte habían desaparecido por completo. En tanto que la nave acumulaba sus revoluciones con la regularidad de un metrónomo, Jonathan se creía un punto inmóvil, una isla rodeada por un océano inmenso. Había puesto todos sus instrumentos de navegación en estado de alerta e iluminado con una luz ligeramente agresiva hasta los últimos rincones de su habitáculo, como para protestar contra su existencia en ese negro cielo.

El tiempo le parecía extrañamente corto. Dormía a ratos, sin tener realmente sueño; mordisqueaba sus alimentos sin sentir realmente hambre. Para evitar toda conversación, se cuidaba de interrogar a Doble Cero. Su cerebro funcionaba lúcidamente, con precisión, pero sin prisa. Algunos recuerdos de la Tierra le venían a la mente; los veía pasar como nubes empujadas por el viento y no intentaba retenerlos. Sus deseos se habían borrado, difuminado. Si pensaba en Flora, lo hacía sin lamentar que no estuviese allí, a su lado. Se encontraba aislado, pero concentrado en su aislamiento. Nunca antes había tenido esa impresión de habitar plenamente cada parte de su cuerpo. Sus brazos, sus manos, sus pies, su vientre, llevaban una vida autónoma que, sin embargo, era la suya. Se dejaba existir; su Trap era como un capullo en el que habitaba sin impaciencia.

Al tercer día sucedió algo. El espacio exterior se tornó menos oscuro. Se había formado una bruma lechosa que impedía ver a lo lejos, y producía un halo de luz gris alrededor del Trap. Fue entonces cuando tuvo una sorpresa: aproximadamente a diez metros de él, otra nave seguía la misma órbita. Estaba allí, cercana y silenciosa, en el límite de la zona de claridad formada por la bruma lechosa, perfectamente visible aunque de manera imprecisa. ¿Cuánto tiempo hacía que estaban volando juntas las dos naves? Jonathan no sabría decirlo. Fue necesaria la aparición de este haz luminoso para que descubriera a su acompañante. Creía que estaba solo cuando otro habitáculo giraba a su lado, quizás desde el comienzo de su viaje. Y sus radares, ya era una costumbre, no habían señalado absolutamente nada.

Sonó el timbre de solicitud de contacto. La voz de Flora se hizo escuchar:

—Jonathan, ya es tiempo de que dejes de dar vueltas alrededor de Aster 3020. El invierno está por terminar; te invito a asistir al regreso de la primavera. ¿Me estás oyendo al menos, o continúas durmiendo como una marmota?

—Te oigo perfectamente, Flora. ¿Y cómo se asiste al regreso de la primavera en este lugar ignoto?

—Es muy sencillo. Vas a abordar nuestra nave. Te paso a mi hermano para que te dé las instrucciones.

Orlando tomó la palabra:

—Las instrucciones son muy sencillas: Colocas el piloto automático y esperas tranquilamente. Seré yo quien me acerque. Fuera.

Jonathan observó por una ventanilla la maniobra. La nave extraterrestre comenzó a aumentar de tamaño, signo de que reducía su velocidad; podían distinguirse ahora sus líneas con precisión. Pronto se encontró tan cerca que ocupaba todo el espacio delimitado por la ventanilla del Trap. Era un aparato descomunal, totalmente diferente de los medios de transporte utilizados por el terrícola. Dos inmensos paneles se abrieron y Jonathan tuvo la impresión de haber sido transformado en un pececito atrapado por algún monstruo de los ríos. Se encontró dentro de una cueva, en la cual su Trap aterrizó sin ninguna dificultad. Las «mandíbulas» se cerraron tras de él. Flora lo esperaba, evidentemente feliz.

—Bienvenido a bordo —le dijo en un tono alegre—. Pero ven, no vamos a permanecer en esta cueva; mi hermano nos espera.

Jonathan la siguió. Algunas puertas se abrieron frente a ellos, y se encontraron en presencia de Orlando, quien los recibió con una sonrisa:

—Estás en tu casa, Jonathan.

Este examinó el lugar en que acababa de entrar. Era una semiesfera de paredes totalmente transparentes. La bruma exterior acariciaba esta gran pompa de cristal; se tenía la impresión de estar en pleno cielo. La habitación no tenía ninguna fuente de luz, pero parecía iluminada desde fuera por la luz que comenzaba a filtrarse a través de la bruma. No era propiamente ni de día ni de noche, sino algo intermedio, una tímida aurora prolongada.

Flora se sentó en el suelo e invitó a su amigo a hacer lo mismo. Orlando se dirigió al único mueble que había en la habitación, una pequeña consola provista de algunas pantallas. Orlando se adelantó al asombro del terrícola:

—Te encuentras en la sala de mandos. Esta consola me permite ejecutar todas las maniobras. ¡Como ves, el progreso no se detiene!

Jonathan esbozó una sonrisa divertida.

—Al regresar a mi Trap, me sentiré en un museo.

En el exterior, la luz grisácea había desaparecido. La nave trazaba su rumbo a través de una atmósfera algodonosa de una gran luminosidad. Se podría pensar que un poderoso proyector, muy lejano, intentaba atravesar la niebla sin lograrlo. Extraños jirones de bruma, más oscuros, tropezaban silenciosamente contra las paredes de cristal. Sus formas espesas y tortuosas dejaban entrever todas las especies de animales capaces de frecuentar las peores pesadillas: aves gigantescas de alas roídas, cabezas de serpiente, monstruos tentaculares. No habían terminado de estrellarse contra la nave cuando rebotaban y se deslizaban a lo largo de las paredes. Frente a este millar de agresores, a Jonathan le dio repentinamente vértigo. Sentía que la cabeza se le vaciaba, y que una tenaza le oprimía las sienes. No soportaba permanecer allí sentado, inmóvil. Sentía deseos de gritar, de levantarse y atacar a ese ejército de sombras devastadoras. Y la luz que iluminaba todos aquellos fantasmas sin disiparlos, esa luz que intentaba penetrar el espacio sin lograr imponerse, lo asqueaba. Tenía un velo delante de los ojos, y una contracción en el pecho, que le avanzaba hacia el vientre y las piernas. Tenía miedo, un miedo terrible e irracional; sentía que iba a comenzar a dar alaridos. No soportaba más ese inquietante silencio.

Una mano le tocó la espalda. Flora lo miraba:

—No temas, Jonathan. Yo también, al principio, temía ahogarme. No es nada. ¡O sí, es algo! Está pasando el invierno.

Orlando no había abandonado su puesto:

—Se aproxima el momento —dijo—. En menos de diez minutos podrán partir.

Flora ayudó a Jonathan a ponerse de pie. Las piernas apenas lo sostenían; sentía en la cabeza golpes sordos que resonaban. La siguió como un autómata.

Flora lo condujo a un garaje donde se encontraban las dos naves que ella y su hermano utilizaban habitualmente. También se hallaban allí, acomodadas en un rincón, la canasta y la envoltura del globo. Con el dedo, le indicó otro vehículo que se asemejaba más bien a un helicóptero, pero sin hélices ni motor aparentes.

—Tenemos mucho tiempo. Descenderemos en este aparato.

Hizo subir a Jonathan, y se instaló frente a los comandos. La puerta del garaje se abrió, sin duda por iniciativa de Orlando. Se encontraron en el espacio y comenzaron su lento descenso hacia el asteroide.

Bajaban lentamente, en un ambiente que tamizaba la luz. Jonathan se sentía mucho mejor. Al igual que después de una fiebre muy alta, descubría la vida de nuevo, disfrutando del sencillo placer de respirar, de jugar con los dedos. Flora, a su lado, manejaba los comandos del aparato y canturreaba.

Se deslizaban por el espacio silencioso. No había ningún punto de referencia en esta niebla blanquecina, pero al ver los movimientos impuestos a los comandos, le parecía a Jonathan que descendían en círculos amplios y perezosos que Flora multiplicaba con placer, como lo había hecho al conducir el *scooter*. Lo miró con picardía.

—¡Parece que nos hubiésemos escapado de la escuela!

—Flora ... —dijo súbitamente Jonathan.

—¿Sí?

—¿Nunca has estado en la Tierra?

—No, nunca.

—¿Te agradaría ir allá?

—Claro que sí. Pero no creo que sea posible. ¡Simple cuestión de seguridad!

Sus miradas se cruzaron y rompieron a reír. Cada cual sabía que el otro pensaba en Cortès.

—¿Por qué conoces tan bien nuestras costumbres, nuestra manera de hablar?

—Porque me agradan mucho los terrícolas. Mi pueblo estudia todo lo bueno que se hace allí, y conozco tan bien como tú su historia. Pero preferimos no mostrarnos demasiado.

—Flora, ¿algún día me dirás por qué querían ustedes conocerme?

—Claro que te lo diré.

Descendieron durante largo rato. La bruma que los acompañaba desde la salida se hacía menos densa. Una cima rosada surgió de ella. De inmediato, el aparato conducido por Flora se dirigió directamente hacia ella, como una mariposa atraída por la luz. Hacía tres días habitaban un mundo desprovisto de colores.

Aterrizaron en una cima cubierta de nieve. Debajo de ellos, se encontraba un mar de nubes cuyos colores oscilaban entre el rosa y el dorado. Flora abrió la puerta del aparato y saltó sobre la nieve. Jonathan vio que corría y gesticulaba. Se hundía, caía, se levantaba riendo a carcajadas, le hacía grandes señas para invitarlo a reunirse con ella. Jonathan saltó del aparato, a su vez, y corrió sobre la nieve profunda y ligera para alcanzarla. Una larga ladera regular aparecía ante sus ojos; rodaron por ella como locos antes de caer cuan largos eran, con los pulmones y las mejillas ardientes. Permanecieron largo tiempo tendidos en la nieve, escuchando los latidos de sus corazones.

—¿Has notado algo? —preguntó Flora.

—¿No, qué cosa?

—Que el aire se hace mucho más respirable después del invierno. No tenemos nuestros trajes de salida.

Era cierto. Jonathan ni siquiera se había percatado de que habían salido sin sus atuendos espaciales y sin los inevitables tanques de oxígeno. Flora se encontraba allí, delante de él, en el mismo trozo de planeta donde se habían conocido. Pero esta vez no había escafandras, ni cascos, ni micrófonos que los separaran. Jonathan podía haberle tocado a Flora el cabello, el rostro sudoroso. Podían tomar nieve a manos llenas y comerla.

El mar de nubes se retiraba. Descubrían un mundo naciente: una a una, aparecían las más altas cimas del asteroide. El cielo se había despejado de las brumas y brillaba con un bello color dorado. Se había levantado una ligera brisa que les acariciaba el rostro. Jonathan la imaginaba como una mano que roza apenas la superficie de las cosas.

Luego se escucharon grandes e inquietantes crujidos.

—El hielo está cediendo —explicó Flora—. El frío se retira y la nieve comenzará a evaporarse.

—¿A evaporarse?

—Sí —prosiguió Flora—. No esperes ver grandes torrentes bajando por las laderas de las montañas. Aquí la nieve se transforma en vapor cuando sube la temperatura, y se pierde en la atmósfera. Sin embargo, una buena cantidad penetra en el suelo en forma de agua. Es suficiente para permitir la vida en algunos lugares.

—¿Qué tipo de vida?

—Te enseñaré.

Permanecieron en silencio. Los crujidos eran cada vez más fuertes. Los oían subir bajo sus pies, repercutir largamente en los valles, y responderse como quejas. Algunos recuerdos se despertaban en la mente del terrícola, recuerdos lejanos que creía olvidados y que, sin embargo, surgían asombrosamente presentes.

—¿En qué piensas, Jonathan? Pareces estar soñando.

—Pienso en el día en que mi padre me llevó de cacería al pantano por primera vez. Era una pasada* de diciembre. Aquel año había helado como para agrietar las piedras. Habíamos salido de casa por la tarde, y llegamos a una cabaña de madera, a la entrada del pantano, donde los cazadores se preparaban para la noche. Eran cinco con mi padre. Recuerdo que habían encendido una gran estufa, provista de un largo y complicado tubo que se perdía en el techo. Los hombres estaban dedicados a hervir agua en una vasija, para llenar de ella los termos. Yo tenía diez años, y era la primera vez que veía

---

* Pasada: momento en que se aprovecha la migración de algunas aves (patos, codornices), para cazarlas en algún punto de su itinerario.

91

preparar bebidas de una manera tan extraña. Por otra parte, todo me parecía extraordinario en esta cabaña mal iluminada. La cocina, en particular, me fascinaba: nunca había visto una semejante. Resoplaba como un animal dormido y estos hombres, con sus atuendos de caza, la rodeaban de atenciones solícitas y un poco inquietas. Cuando uno de ellos abría la hornilla para lanzar adentro un tronco, los otros retrocedían ligeramente. Las paredes se iluminaban durante algunos instantes, y las sombras se multiplicaban como si la habitación se encontrara súbitamente llena de cazadores.

Hacia la medianoche abandonamos la cabaña para dirigirnos al resguardo de caza. «Este año», dijo mi padre, «no será necesaria la barca». En efecto, el pantano estaba congelado. El viento había soplado y el frío había petrificado las pequeñas ondulaciones; avanzábamos sobre un hielo labrado, erizado. La noche era bastante clara. Atravesamos grandes espacios plantados de juncos hirientes por el hielo; luego remontamos a lo largo de los canales donde era preciso caminar en fila india, a buena distancia los unos de los otros, para no poner demasiado peso en el hielo.

El resguardo era pequeñito y cada cual se instaló en él como pudo. Mi padre salió a atar el pato que serviría de señuelo.

Durante varias horas, nos limitamos a esperar. Los hombres permanecían de pie, hacia el tragaluz. Yo permanecí despierto el mayor tiempo posible y me empinaba de cuando en cuando para mirar el pantano, oculto por las fornidas espaldas de los cazadores. La Luna había desaparecido casi por completo; sin embargo, el hielo brillaba. Finalmente, me encogí en un rincón del resguardo y me dormí.

El señuelo me despertó. Primero, lo oí en sueños: creí que alguien me estaba buscando. Al despertar de mi sueño, descubrí su llamada, un grito como nunca antes había oído, diferente de todo lo que había imaginado. No era una queja; más bien un alarido salvaje, una llamada dura y orgullosa, clara como el hielo. De inmediato, tuve una certeza: el señuelo hablaba un idioma que prescindía de las palabras, un idioma que decía mil cosas pero cuyo recuerdo, nosotros, los hombres, habíamos perdido desde siempre. Encima del resguardo, giraban centenares de patos de cuello verde, respondiendo a la llamada del señuelo. Los hombres habían apuntado sus fusiles a través del tragaluz, esperando a que las aves se posaran sobre el suelo. «No bajarán», murmuraba mi padre. «No se posan en el suelo cuando el pantano está demasiado congelado. Saben que pueden herirse las patas. Su instinto se los advierte».

Durante largo rato estuvieron volando sobre el resguardo, titubeando. El señuelo no paraba de dar alaridos. Los otros le respondían, por centenares, y todo aquello formaba un singular concierto. Yo me dije que estábamos de más en este pantano, que debiéramos haber dejado que las aves continuaran solas aquel diálogo al que éramos totalmente ajenos.

Finalmente, los patos no descendieron. «Lo sabía», afirmó mi padre. Salimos para desatar el señuelo. Se había herido las patas con el hielo. Al mirarlo, pensaba que su lugar no se encontraba entre nosotros, que debía haberse unido a sus congéneres en busca de regiones más clementes. Como si hubiese adivinado mis pensamientos, mi padre se volvió hacia mí y me dijo: «¿Sabes que siempre se le corta un pedazo al ala del señuelo para desequilibrar su vuelo? Si lo soltase ahora, no sobreviviría». Y lo vi colocar de nuevo el ave en una cesta de mimbre.

Luego, emprendimos el camino de regreso.

—¡Qué historia tan bella! —dijo Flora.

—A menudo recuerdo mi infancia. Recuerdo detalles insignificantes que perfectamente podría haber olvidado. La cesta de mimbre, por ejemplo.

—Es cierto —dijo Flora—. Son siempre las cosas pequeñas las que se graban en la memoria. Son las que despiertan el recuerdo.

Guardó silencio durante algunos instantes, soñadora; luego prosiguió:

—Cuando murió mi abuelo, recuerdo que me encontraba escogiendo unas flores, unas flores de color malva que habíamos recogido en algún rincón perdido. Fue Orlando quien me dio la noticia. Lo sentí detrás de mí; dijo: «Debemos regresar por el abuelo».

El abuelo se encontraba en la nave de mis padres. Demoramos ocho días en llegar allí. Entre nosotros, cuando alguien va a morir, sus amigos acuden de todas partes. En cualquier lugar del universo que se encuentren, reciben la noticia y de inmediato se ponen en camino. La nave en que se halla el difunto permanece inmóvil. Unicamente se emite una señal, siempre idéntica. Es un sonido grave, muy regular, que imita el del cuerno.

Todas las naves lo captan. Resuena en los habitáculos todo el tiempo que dura el trayecto. Durante días, la señal no cesa, no varía. A veces, me tapaba los oídos para no oírla. Luego volvía a oírla y entonces pensaba: «Mi abuelo me espera. Ya no habla, no ve, pero me llama». Centenares de naves escuchábamos el sonido del cuerno. Todos nos dirigíamos allá para darle un último adiós al abuelo.

Con el transcurso de las horas, las imágenes desfilaban por mi mente. No puedes imaginar todo lo que surgió en mí entonces, a causa del ruido del cuerno. Tenía la impresión de regresar a tiempos muy antiguos, cuando el universo no estaba habitado aún. Había enormes bolas de fuego; en otros lugares, sólo se veían grandes extensiones de tierra desoladas, oscuras y frías, o enormes planetas de rocas viscosas sobre las cuales soplaban vientos cósmicos de una fuerza gigantesca. Luego vi llegar al hombre. Mi ancestro o el tuyo, poco importa; todas las tierras se asemejan. El hombre está ahí, recién salido de las sombras. Debe luchar contra poderes que le cuesta trabajo dominar. Sobreviene, a menudo, el miedo. Pronto — las palabras no han nacido aún— inventa la trompa. Encuentra un cuerno de animal, sopla; esto produce un sonido grave. Y cada vez que enfrenta animales más grandes que él, sopla su cuerno. Es su manera de darles a entender que desea vencer. Con frecuencia ganan los animales. El hombre muere, lanza su último suspiro y regresa el silencio.

Eso es lo que pensaba durante todo el trayecto. Esta llamada que resonaba en nuestra nave despertaba en mí una infinita tristeza. Pero al mismo tiempo, era como una voz. Pensaba: «Vas a ver a tu abuelo por última vez. Escucha, él te espera. ¡Tiene tantas cosas que decirte todavía!»

Cuando nos acercábamos a la nave de mis padres, comenzamos a girar a su alrededor; los demás hacían lo mismo a medida que iban llegando. Formábamos un ballet en el cielo en torno al cuerpo inmóvil de mi abuelo. Luego su nave se puso en marcha, en dirección a un asteroide, y todos la seguimos.

El sitio lo elige el hijo del difunto. Lo descubrió en el transcurso de uno de sus viajes, y admira su belleza. Entonces lleva allá a su padre para ofrecerle su última morada, y todos sus amigos lo acompañan.

El viaje puede durar varios días. El ruido

del cuerno cesa; conversan los tripulantes de unas naves con los de otras. A cada uno le piden que narre sus recuerdos de la persona que acaba de morir. Dice: «Recuerdo», y luego habla todo el tiempo que desee. Cuando llegó mi turno, no sabía qué decir. Sentí un nudo en la garganta. Murmuré: «Me gustaría regalarle mis flores de color malva al abuelo». Luego guardé silencio, porque en mi mente veía muy claramente el rostro de mi abuelo. Ni siquiera tenía deseos de llorar. Una voz proveniente de otra nave, me preguntó: «Flora, ¿quieres decir algo más?» No podría haber dicho a quién pertenecía esta voz; si era la de mi madre, mi padre o la de un amigo. Sólo recuerdo que comencé a hablar. Cuanto más hablaba, más imágenes me venían a la memoria, y miles de recuerdos se atropellaban en mi mente. Fue el abuelo quien me enseñó el arte de hacer collares con las piedras que recogemos en las lunas. Me cantaba canciones que ahora recordaba. Hablé y canté, mientras las otras naves me escuchaban. Me sentí feliz. Pensaba: «El abuelo calló, pero mi voz, llena el espacio». Tenía la sensación de vengarlo.

El asteroide que había elegido mi padre estaba poblado de altas montañas. Un gran

sol brillaba en un cielo azul. No se veía ni un árbol, ni una planta. Sólo polvo y rocas. A menudo me he preguntado por qué eligió mi padre aquel paisaje desolado. Luego comprendí que pocos sitios del universo manifiestan una nobleza semejante. Allá todo era de una sencillez embrujadora. No había nada, nada más que el gran sol inmóvil, y frente a él una montaña de tintes violetas.

Cavamos un hueco en el flanco de la montaña, de cara al sol, y allí depositamos el cuerpo de mi abuelo. Luego lo cubrimos con piedras y objetos. Yo dejé mis flores de color malva y un collar de piedras de luna. Nunca he regresado allí. Pero pienso a menudo en la montaña donde reposan mis flores.

Abajo, en los pequeños valles, los crujidos del hielo se hacían cada vez más débiles. La nieve desaparecía en cortinas de vapor que se elevaban del suelo. Flora se levantó y emprendió el largo descenso hacia el valle. Caminaba a grandes pasos, ligera, y Jonathan la seguía lo mejor que podía. Tenía dificultad en deslizar sus pasos como ella lo hacía. No obstante, a costa de intentarlo, descubrió una sensación de regularidad. Sus brazos rimaban el movimiento, se dejaba llevar.

Tardaron más de dos horas en llegar al pie de la montaña. La nieve había desaparecido por completo y el asteroide lucía su nuevo atuendo de primavera. Los colores no eran los mismos: el ocre se había suavizado para dar lugar a un amarillo naranja; el cielo había tomado un tono turquesa que recordaba el color de los mares.

—Flora, ¿cómo haremos para recobrar nuestro aparato?

—¡No te preocupes!

Caminaron durante una hora más y divisaron las grandes turbulencias que había cerca del lugar donde Jonathan había aterrizado por primera vez. Allí los esperaban dos naves; el Trap y una nave destinada a Flora.

—¿Ves? Mi hermano piensa en todo. Ya debió, incluso, de recuperar el helicóptero que dejamos en la cima de la montaña.

Jonathan no se preguntó cómo había hecho Orlando para realizar todas estas maniobras. Se había acostumbrado a no asombrarse.

Al pie del Trap encontraron algunas frutas que Orlando, previsivo, les había dejado. Se sentaron y comieron, felices de encontrarse allí, probando las frutas sin decir nada. Desde que conocía a Flora, todo le

parecía más sencillo y más fácil. Progresivamente, se había relajado y descubría que su
vida se había desarrollado hasta entonces
según esquemas impuestos: iba a la escuela,
hacía deporte, compraba todo lo que un
muchacho de su edad podía desear, y creía
llevar una vida liberada. En realidad, nunca
había vivido de verdad. Por esta razón había
sentido aquella necesidad de grandes espacios y de mundos desconocidos, que lo había
llevado a elegir este tipo de vacaciones. Por
temor o por pretendida sabiduría, muchos
se lo habían desaconsejado (eran tan fácil
hacer como todos, como Eléonore, por ejemplo, que pensaba descubrir mundos extraños cuando pasaba a su lado sin verlos). El
se había arriesgado. Y ahora Flora se encontraba cerca de él; respiraba a su lado. ¿De
dónde venía? Sólo tenía una vaga idea de su
lugar de origen. Sin embargo, tenía la impresión de haberla conocido desde siempre.
Existía un mundo, no lejos de la Tierra, un
mundo que hasta ahora, como millones de
seres humanos, había ignorado. Pero ahora
que había conocido a dos de sus represen-
tantes, este mundo le resultaba tan familiar
como el suyo.

—Flora —comenzó a decir Jonathan.

—¿Sí?

Dudó un instante y permaneció en silencio. Ella lo miraba, atenta, con una ligera sonrisa. Y él, finalmente, no hallaba qué decir. Sabía que se comprendían.

Se oyó un sonido característico; se acercaba una vispa. Como de costumbre, todavía no se veía, pero estaba muy cerca. Jonathan se colocó de un salto delante de Flora, empuñando su arma.

Apareció súbitamente, a menos de diez metros. Su cuerpo desgarbado se balanceaba cómicamente y sus dos brazos giraban con rapidez, produciendo un silbido inquietante. Jonathan se disponía a disparar, cuando Flora intervino:

—¡Espera!

Avanzó hacia el animal y le habló con dureza:

—Vispa, ¿qué haces aquí? ¿Por qué deseas hacerme daño? Yo no te he hecho nada. ¡Vete!

La vispa se quedó quieta. Sus brazos giraban más lentamente.

—Vamos —prosiguió Flora tranquilamente—; tus pequeños te esperan y debes alimentarlos. ¡Anda a buscar miel y déjanos! ¡No te hemos hecho nada!

La vispa comenzó a balancearse de nuevo, pero sin avanzar. Flora dio un paso, luego dos, en dirección a ella.

—Vamos, vete. ¡No te hemos hecho nada!

Entonces el animal retrocedió y desapareció por donde había venido. Se oyó el sonido todavía durante algunos instantes; luego todo quedó de nuevo en silencio.

—Yo la habría matado —dijo Jonathan—. Seguramente regresará.

—No —dijo Flora—, no volverá. Ustedes matan las vispas porque les da miedo. A nosotros también nos da, pero no las matamos. ¿Sabes por qué son malas? Porque creen que van a hacerles daño a sus crías. Si una vispa se te acerca, háblale en un tono decidido hasta que se vaya.

—¡Pero si ella no comprende lo que le dices!

—No, no lo comprende. Pero puede escuchar tu voz y, en su pequeña cabeza, piensa que, después de todo, no deseas hacerle daño. Por el contrario, si ve que tienes cara de sorpresa, cree que preparas algo en su contra y avanza. Hay que aceptarlas como son. Son unos pobres animales de aspecto horroroso. Si les hablas, si intentas apaciguarlas, regresan a su monótona existencia, buscando sin cesar alimento para sus pequeños. Ellas también tienen derecho a la vida.

Jonathan se quedó pensativo. Se tendió en el suelo y se puso a contemplar el cielo. «Dios mío», pensó, «¡qué lejos estoy de todo!» Recordó el rostro de su hermana Diane. Diane era el prototipo de la muchacha activa, siempre en movimiento, que lograba realizar mil tareas diferentes en un solo día. ¿Qué estaría haciendo en este momento? Quizás estaba en la piscina, o en el cine, o frente a su videófono, mostrándole a una de sus amigas sus últimas compras. ¡Le gusta exageradamente videofonar!

Volvió ligeramente la cabeza y divisó a Flora, no lejos de allí; ella también parecía estar reflexionando. Jonathan se sumió de nuevo en sus pensamientos, y terminó por quedarse dormido. Tuvo un sueño agitado; soñó con una vispa que hablaba y se confundía con su tía Eléonore. Su hermana Diane le decía: «Qué extraño, tía Eléonore. ¿Cómo haces para hablar tan bien?» Luego la vispa se convertía de nuevo en una vispa, pero tenía dos ojos, avanzaba y, al mismo tiempo, decía: «¿Dónde dejaría mis anteojos?»

Cuando se despertó, se encontraba bañado en sudor. Y Flora ya no estaba allí.

CAPITULO VII

EL SECRETO DE FLORA

Jonathan llamó varias veces en vano. Flora no debía encontrarse lejos de allí, puesto que las dos naves permanecían en el mismo sitio. Se dirigió hacia ellas y llamó de nuevo, sin obtener respuesta. Comenzaba a preguntarse qué significaría esta broma, cuando divisó algunas huellas en el suelo a cierta distancia de donde se encontraba. Al acercarse, vio que se trataba de una flecha. Flora lo invitaba sin duda a seguirla. Sin esperar más, se encaminó en la dirección indicada. Una segunda señal lo esperaba, acompañada de una palabra: «valor». Las iniciativas siempre imprevisibles de su amiga la extraterrestre lo hicieron sonreír. Había diseñado un juego de pistas para él.

Más adelante, había una frase escrita en el suelo: «Borra las flechas tras de ti». Se preguntaba si ella tendría la intención de perderlo, o si temía sencillamente que alguien más los siguiera. Se dedicó a eliminar la frase, y luego todas las señas que iba encontrando. Otro mensaje, muy cercano, decía: «Y tus pasos». Se dio cuenta, al dirigir la mirada hacia atrás, que la zona por la que atravesaba era especialmente polvorienta; cualquiera podría haber seguido su rastro. Se dedicó a borrar sus pasos, uno a uno, y ya empezaba a parecerle fastidioso este trabajo, cuando encontró un cuarto mensaje: «No te fatigues, pasaremos por las rocas». Realmente, la pista se internaba en un terreno pedregoso donde se borraban las huellas. Flora señalaba la dirección ahora mediante guijarros.

La pista zigzagueaba como para desanimar toda tentativa de orientación. Jonathan se sentía completamente incapaz de decir en dónde se encontraba. Avanzaba desde hacía un buen rato y ya sentía cierta fatiga, pues el camino era empinado y hacía penosa la marcha.

Flora apareció cuando menos la esperaba. En este lugar, la pista entraba en un desfiladero entre dos colinas bastante pendientes. Se encontraba allí, en lo alto del desfiladero, como un centinela defendiendo el paso. Desde que lo divisó, gritó:

—Hola, Jonathan, ¿cómo estás?

El le contestó con un movimiento de la mano, y apretó el paso para disimular su cansancio.

Ya se preparaba para reunirse con ella cuando notó un animal posado sobre su espalda, un simio, sin duda, o algo semejante.

—¿Qué es eso? —preguntó señalando con el dedo al animal.

—Ustedes, los terrícolas, los llaman lémures. Nosotros les decimos...

Pronunció esta última palabra con un acento extraño que Jonathan no comprendió. Era la primera vez que pronunciaba una palabra en su propio idioma.

—¿Quieres repetirlo?

Articuló la palabra más lentamente, pero Jonathan seguía sin comprender. Flora rompió a reír.

—¡Pobre terrícola! ¡No pareces muy dotado para los idiomas extranjeros! Te presento a Vercingétorix.

Jonathan tomó el lémur que le tendía Flora. Era una especie de mamífero muy pequeñito, provisto de una larga cola adornada con bellos anillos negros.

—Buenos días, Vercingétorix —dijo—. Al menos ¿no muerdes? Nunca he visto este tipo de animal.

—Sin embargo existen también en la Tierra. Algunos los llaman macacos. Trepan de noche a los árboles. ¿Sabes cómo llamaban los romanos a las almas de los muertos que erraban en la oscuridad? Lémures.

—En fin de cuentas —observó Jonathan acariciando al animal—, ¡eres un espectro!

El lémur no era salvaje. Recibía con mucho placer las caricias.

—¿Dónde lo encontraste, Flora?

—En mi nave. Me acompaña en todos mis viajes, con su familia.

Vivazmente, el lémur trepaba a la espalda de Jonathan, luego descendía por el brazo. Se movía incesantemente. Su mirada no dejaba de sorprender, una mirada blanca, extrañamente fija.

—¿Por qué me mira así, Flora?

—Vercingétorix es ciego. Un accidente de nacimiento.

—¿Y sus hijos también son ciegos?

—Claro que no. Ven muy bien, te lo aseguro. ¡Y como son tan vigorosos como su padre, forman un circo completo! Los dejé en la gran nave que gira allá arriba. No se aburren, ¿sabes?

Desembocaron sobre una gran explanada de rocas y de grandes playas de arena blanca. Soplaba un viento muy suave.

—Mira mi jardín —dijo Flora.

—¿Tu jardín? —repitió Jonathan incrédulo—. No hay nada.

—Ya lo sé, ven a verlo.

Lo condujo sobre la arena, eligió un sitio especial, cerca de una roca, y comenzó a cavar. Bajo la capa de la superficie, apareció una arena húmeda, más oscura. Flora continuó cavando; ahora había lodo: del fondo del hoyo subió agua.

—Ya lo ves, en este valle la nieve se ha transformado en agua. Es aquí donde deseo sembrar mi jardín. Sólo tú conoces el secreto; mi hermano también, por supuesto.

Este asteroide no dejaba de sorprender a Jonathan; él creía que había aterrizado en un universo asolado, y he aquí que Flora le reveló la existencia de agua. Ella se había levantado, se estaba paseando por la blanca arena, hablando consigo misma. No estaba hablando en voz alta, pero sus frases llegaban a los oídos de Jonathan, traídas por el viento, suavizadas como murmullos: «Aquí plantaré abetos, pinos, cedros, arces, y todo tipo de coníferas. Allá, más lejos, estarán los árboles frondosos...» Caminaba a grandes zancadas, atenta, girando en ángulo recto con regularidad para delimitar sobre la arena cuadrados y rectángulos que sus palabras poblaban de infinidad de plantas: «... Primero robles, muchos robles; luego olmos, fresnos, abedules, hayas, castaños. Más allá, viñedos y olivares. Y de este lado, los frutales: manzanos, perales, ciruelos, cerezos, duraznos, naranjos, limoneros, mangos, plátanos, granados, nísperos, madroños. Allí, sembraré el boj y el acebo mezclados, para sombrear el tomillo, la grosellera, la hierbabuena, el azafrán, el hinojo, la alheña...»

De cuando en cuando, interrumpía su monólogo con un gesto, como para materializar el torrente de verdor. No terminaría nunca los nombres de los árboles, los arbustos, las flores. Los pronunciaba de seguido, por decenas, pero sin incoherencia. Organizaba este espacio vacío que recorría con pasos medidos por la fuerza de sus palabras cuidadosamente ordenadas. Un inmenso jardín se levantaba a su alrededor, poblado con las plantas más variadas, multicolores, aromáticas. Jonathan escuchaba, bajo el hechizo de las palabras llevadas por el viento: «jara y almácigo, mejorana, terebinto, bálsamo, estoraque, vainilla, sicamoro, cardamomos, árboles de pan, verdolagas, sietecueros...» Estos nombres, conocidos o desconocidos, dejaban en él su música hechizadora y paisajes de verdor, praderas, y llanuras soleadas aparecían ante sus ojos. Se dejaba mecer por las letanías de Flora, sin intentar interrumpirla. Pensaba que estaba un poco loca, pero al mismo tiempo le envidiaba el saber soñar con tanta libertad. Comprendía ahora por qué le había hecho borrar las señales que lo habían conducido hasta allí: el jardín del que se adueñaba no era un lugar público, sino una especie de cerco propio, donde su ensueño concentraba todas las riquezas del universo.

Regresó Flora a sentarse a su lado, y tomó el lémur en sus brazos.

—Un día —dijo—, regresaré y haré todo lo que dije. Este lugar se convertirá en un jardín, donde instalaré a Vercingétorix.

Luego, dirigiéndose a Jonathan:

—¡Sin duda piensas que estoy loca!

—No Flora. Envidio tu manera de soñar. ¿Sabes en qué pienso ahora? En un anciano, de aspecto indio, a quien conocí en Uma. El también sabía soñar. Yo no; aún no, al menos.

—Inténtalo —dijo—. ¡Intenta soñar tú también!

—No sé cómo...

—¡Piensa!

—El argatino, creo que no existe. Y la asfolena tampoco...

—¿Y el tercero?

Por más que pensaba, Jonathan no lograba inventar otro nombre.

—No importa —dijo Flora—. Ahora, inventemos esos tres árboles. El primero, el argatino, lo imagino como un árbol enclenque y alto. Su tronco no se eleva más de un metro del suelo, pero tiene dos largas ramas que trepan hacia el cielo como cuellos de jirafa. Y las hojas sólo crecen en la cima; conforman dos copas que el menor vientecillo hace temblar. La asfolena —es el segundo nombre que me diste— no es realmente un árbol, sino un arbusto de tallos muy finos y flexibles. Se encuentra en las regiones áridas donde el aire es eléctrico y seco. Sus frutos son bayas rojas, muy rojas, de las que se obtiene un condimento. En cuanto al tercer árbol, el que no tiene nombre, lo imagino como una planta de tamaño mediano, robusta, con un ramaje tan entreverado como las callejuelas de una vieja ciudad. Es un árbol astuto que se adapta a todos los terrenos y, además, es la bondad misma: Si hace calor, ofrece su sombra; cuando hace frío, ofrece su madera. Es un árbol descomplicado, cuyos frutos, regados por el suelo entre los desechos, se recogen en el otoño. Y el ciclo comienza de nuevo, incesantemente.

—¡Tienes una imaginación increíble, Flora!

—No, Jonathan. Mis tres árboles son sencillos, tan sencillos como el aire, el fuego, o la tierra. Acabo de inventarlos contigo, pero merecían existir. ¿Quién sabe si no existan realmente?

Los ensueños de Flora se insinuaban en la mente del terrícola. Al contemplar este rincón privilegiado, con sus playas de fina arena, se encontraba deseando un paraíso de verdor.

—Flora, ¿tú crees que sea posible?

—¿Qué cosa?

—¿Que este asteroide cobre vida un día, que los musgos y los helechos invadan poco

116

a poco las llanuras desérticas, que nazca allí una capa vegetal, que se aclimaten los árboles y abunden todo tipo de animales?

—¿Por qué no? Para que una cosa exista, basta a veces con decidirla.

Flora tomaba maquinalmente arena en las manos, y la dejaba filtrar por entre los dedos. La luz que los rodeaba se hacía más viva. Brillaba en los cabellos, encendía los rostros. El lémur dormía.

—Flora, no me has dicho de dónde vienes.

No pareció sorprendida por esta pregunta, que sin duda esperaba desde hacía tiempo. Quizás incluso deseaba hablar de ello. Sencillamente había esperado, para saber si se comprendían y si podía confiar en él.

—Pertenezco —dijo—, a un pueblo muy antiguo; nadie conserva el recuerdo de nuestros orígenes. Nuestros sabios afirman que la cuna de nuestra civilización se encuentra en esta galaxia, y que algún día, con paciencia, la encontraremos. Después de todo, ¡qué importa! Lo importante más bien es saber hacia donde nos dirigimos. No habitamos ningún planeta especial; el universo entero es nuestro hogar. Tomamos nuestros bienes de todos los sitios en que es posible encon-

117

trarlos: aquí el agua que permite vivir, allá el metal necesario para la construcción de las naves. Y nuestra vida, desde todo punto de vista semejante a la de ustedes, la pasaríos viajando. En este momento, mis padres se encuentran a millares de kilómetros de distancia, pero no dejamos de hablarnos un solo día. Empleamos todo nuestro tiempo conociendo el universo. Trazamos mapas cósmicos muy precisos, en los cuales señalamos los peligros y también las riquezas que puede aprovechar nuestro pueblo. Y, si por casualidad descubrimos otra civilización, la estudiamos con paciencia hasta que, en parte, la asimilamos. Tomamos de ella lo que tenga de bueno: su técnica, sus artes, su literatura. Pero nunca entramos en contacto; nuestra ley lo prohíbe.

—¿Por qué? ¿Es que somos como apestados para ustedes?

—Sabemos desde hace mucho tiempo que la mayoría de las civilizaciones se asemejan y que se alimentan de violencia. Nuestros sabios han estudiado sus mitos y sus antiguas leyendas: casi siempre hay un asesinato en el origen de sus civilizaciones. Recuerda a Caín y Abel. Caín mató a su hermano, y la tierra bebió su sangre. ¿Sabes cómo continúa la historia? Afirma que Caín fue el constructor de la primera ciudad. No creas que esto se dice al azar. El hombre que construyó la primera ciudad era el asesino de su hermano. ¿Se acordaría siquiera de su nombre cuando entró en la ciudad que acababa de construir? Le dio el nombre de Enoc, su hijo, y no el de Abel, su hermano. Las ciudades no llevan nunca el nombre de las víctimas.

Desde aquel entonces, la civilización se encuentra bajo el signo de la violencia. Se mata por nada: por temor, por estupidez, por honor, por dinero, por ser el más fuerte. Todos los días, la tierra bebe sangre. Compréndenos, Jonathan: quizás, en otro tiempo, nuestro pueblo haya conocido la violencia; pero ya la erradicamos. Ya no existe entre nosotros. Y por esta razón ya no estamos adaptados para relacionarnos con la Tierra; tememos morir por ello.

En determinada fecha, mi pueblo se reúne en un punto del universo. Es la época del descanso. Discutimos, nos comunicamos las noticias, comemos y cantamos entre amigos. Los adultos se confían sus proyectos, los niños juegan a intercambiar sus pequeños secretos. La fiesta dura varios días. Entonces comprendemos la suerte que tenemos de vivir en armonía. Nos gustaría que todo el universo gozara de ella.

—Flora —dijo Jonathan de repente—, al ponerse en contacto conmigo, tú y tu hermano violaron sus leyes. Pero aún no sé por qué lo hicieron. ¿Era tan importante?

Vio que ella vacilaba; luego se decidió:

—Lo que sucedió fue esto: Orlando y yo discutimos. Fue un poco antes de los meteoritos. Habíamos divisado tu Trap y te observábamos cuando aterrizaste en Aster 3020. El hecho de que viajaras solo nos sorprendió, pues rara vez ocurre. Habitualmente, ustedes viajan en grandes naves y se contentan con girar alrededor de los planetas. Pensé que no eras como los demás, puesto que no viajabas como ellos. Luego vimos como mataste la vispa. Orlando exclamó: «¡Mira, es un terrícola! Se reconoce inmediatamente por su manera de tratar las vispas!» Entonces, no sé por qué, te defendí: «Quizás él no tenga la culpa», murmuré. «Nunca le han enseñado como tratarlas». Hablaba conmigo misma, pero Orlando me escuchó y se encogió de hombros.

A partir de ese momento, sentí que algo se desencadenaba en mí. Súbitamente, sentí el deseo de ir a tu encuentro. Es difícil de explicar, ¿sabes? O mejor, no se puede explicar. Pensé que la ley que nos prohíbe comunicarnos con los terrícolas era injusta, que quizás tendríamos algo que decirnos. A medida que te observaba, cercano y prohibido, esta certidumbre tomaba forma. Deseaba que no fueras como los demás. Desde luego, temía equivocarme; medía toda la locura de mi deseo, pero el hecho de que viajaras solo me daba una esperanza.

Vimos que dejaste el asteroide y escuchamos tu conversación con Cortès. Lo que te contaba sobre las regiones inseguras me hizo enojar. «Banda de idiotas», pensé. «Por culpa de individuos de esa clase nos vemos obligados a cuidarnos. ¡Siempre dispuestos a disparar sobre lo que les molesta! ¿Nunca terminarán?» Entonces busqué a mi hermano y le comuniqué mi decisión de conocerte.

—¿Y entonces?

—Primero creyó que se trataba de una broma. Luego, cuando comprendió que hablaba en serio, se puso pálido. No encontraba las palabras: «¿Qué haces con nuestra ley?» exclamó. «¿No sabes que este hombre es un terrícola? ¿No viste la suerte que corrió la vispa?» Veía en sus ojos la obstinación, pero yo persistía en mi idea. «Orlando», le supliqué, «déjame intentarlo». Como respuesta, volvió la espalda y se amuralló en el silencio. Más tarde, me dijo: «Eres libre de intentarlo, Flora. Haz lo que te plazca; pero con una condición: déjame primero poner a prueba a este terrícola».

—Así —observó Jonathan—, fue Orlando quien tuvo la idea de la pistola láser. Y la presentó como un regalo de su Concejo.

—Exactamente. También fue él quien ideó el collar emisor. Cuando llegó la lluvia de meteoritos, me sugirió que me hiciera pasar por un turista que tenía problemas. Solicité tu ayuda, y luego fingí que partía hacia Uma para cambiar de nave. Tú me seguiste e informaste a Cortès de la llamada. Todo esto le permitía a Orlando estudiar tus reacciones. Cuando luego él, a su vez, se puso en contacto contigo, tú debías haber alertado a Uma, como te lo habían ordenado. No lo hiciste: ésa era una buena señal. Desobedeciste las consignas de seguridad. Transgrediste la ley de los terrícolas, exactamente como yo había transgredido la de mi pueblo.

—¡Entonces, todo estaba calculado!

—Todo, salvo el accidente que le ocurrió

al hombre de Cortès. A Orlando lo afectó mucho este incidente. Se puso muy triste por la muerte de este hombre. Hay que perdonárselo. ¿Sabes Jonathan? él te tiene mucho cariño. Creo que eres como un hermano para él.

Nunca en su vida había sentido Jonathan lo que sentía ahora. Una puerta se abría, revelándole una parte desconocida de sí mismo. Pensó con asombro: «Mira lo que soy, y no lo sabía. Orlando me considera como un hermano; Flora está aquí, a mi lado, y no la conocía».

—Adivino lo que estás sintiendo —dijo Flora—. Lo mismo sentí yo cuando busqué a Orlando para comunicarle mi decisión. Lo ví muy enfadado, pero estaba segura de mí misma. Tenía la impresión de vivir como nunca antes había vivido. Era como si respirara un aire completamente nuevo, o como si descubriera el uso de un idioma aprendido en la infancia y luego olvidado. La decisión que había tomado la deseaba desde siempre; sólo que no lo sabía.

Flora poseía el don de poder hablar con facilidad de las cosas más complicadas. Le revelaba su secreto, con sus propias palabras, y él lo recibía con la mayor naturalidad del mundo. Sin embargo, su encuentro no dejaba de maravillarlo; podría no haberse producido jamás. Habría bastado que Flora hubiera pensado, en el momento en que lo observaba, que se trataba de un terrícola como los demás, un terrícola que sólo servía para matar vispas. Entonces nunca habría dado el primer paso. En cuanto a Jonathan, habría bastado viajar de otra manera, hacer turismo como tantos otros, para que nada hubiese sucedido. Esa sencilla felicidad de pronunciar el nombre del otro y hablarle, esa felicidad podría no haber ocurrido. «Flora», pensó él, «te miro, observo las líneas de tu rostro, tus cabellos, esta forma especial que tienes de arrugar la nariz cuando te burlas; te escucho, reconocería el sonido de tu voz entre mil, y *esto podría no haber sucedido jamás*». Al mismo tiempo, se decía que su encuentro estaba previsto desde siempre, puesto que un sinnúmero de fuerzas los habían atraído el uno al otro, antes, incluso, de que tomaran consciencia de ello. La aventura que vivían en ese momento, la había provocado cada uno a su manera, y la había hecho necesaria. Al elegir este tipo de vacaciones, Jonathan había manifestado su desagrado por la vida rutinaria y su deseo de que algo novedoso ocurriese. En cuanto a Flora, había rechazado de repente las reglas de prudencia de las que se había rodeado su pueblo desde hacía millones de años; había decidido por sí misma lo que era bueno y posible.

Y ahora, todo parecía muy sencillo. Jonathan imaginaba que había vivido al lado de Flora desde su más tierna infancia. Ella se había convertido en su amiga de siempre; su relación no tenía edad.

Flora continuaba filtrando la arena por entre los dedos. Se dejaban impregnar por la luz del momento en tanto que el lémur, estirado patas arriba, dormía aún. Permanecieron largo tiempo en silencio. Luego habló Jonathan:

—Conozco —dijo—, un desierto donde los pozos son muy escasos. Cuando se vuela sobre él, sólo se ven las dunas y el trazo de los médanos resecos. Cuando cae la lluvia, los médanos se hinchan durante algunas horas; luego el agua se infiltra en el suelo y el desierto recobra su inmovilidad. El hombre que se pierde en esta región no sabe encontrar el agua y muere. El agua se encuentra allí a sus pies, pero él no conoce el secreto. Los beduinos tienen un canto, una especie de poema que se transmite de padre a hijo y que describe los lugares donde se oculta la lluvia. Si un día, después de una tormenta de arena, por ejemplo, se agotan las reservas de agua, basta con recitar el poema. Una de sus estrofas indicará el lugar preciso: «Al remontar el curso del médano en dirección al poniente, pon atención a una gran piedra en forma de cabra y, trescientos pasos más lejos, al apilamiento de rocas negras; cava seis pies bajo los guijarros, en la capa de arcilla...» A quien se acuerda del poema, el agua no le falta.

CAPITULO VIII

EL ATAQUE DE CORTES

De repente, se oyó una serie de bip-bips repetidos.

—Es Orlando —dijo Flora, y sacó de su bolsillo un minúsculo emisor-receptor. Oprimió un botón; el timbre cesó y la voz de su hermano resonó en el aparato.

—¿Me oyen, Flora y Jonathan? Nuestro amigo Cortès se encuentra en los alrededores. Esto no sería demasiado grave si no estuviera acompañado de toda una flotilla. Se acercan a gran velocidad.

—¿Qué desean exactamente?

—Por el momento, lo ignoro, pero no presagia nada bueno. ¡Dense prisa! Es mejor que Jonathan regrese a su Trap.

Se fueron precipitadamente de la explanada para internarse en las colinas. Era Flora quien dirigía las operaciones. Iba adelante, con el lémur en el hombro, y se orientaba con una facilidad desconcertante en este dédalo ondulado. Aceleraron el paso y echaron a correr. Se comunicó de nuevo con Orlando:

—¿Qué sucede ahora?

—Giran en torno al asteroide y han llamado al Trap. Están sorprendidos de no haber obtenido respuesta.

—¿Y mi nave?

—Ya la repatrié. No te preocupes, Flora, está a salvo; vendré a buscarte cuando hayan partido. Jonathan debe regresar a su vehículo. Guíalo y luego ocúltate entre las rocas. Es posible que Cortès haya aterrizado ya cuando lleguen ustedes.

Reiniciaron su carrera y no se detuvieron hasta que llegaron a las faldas del círculo de colinas de donde habían partido. Divisaron el Trap, pero la flotilla de Cortès no se encontraba aún allí. Súbitamente, Orlando gritó en el receptor:

—¡Cuidado, atacan!

Flora y Jonathan se lanzaron inmediatamente al suelo. Las naves — unas diez en total, todas del mismo color rojo oscuro —surgieron a ras del horizonte. Parecían volar tan bajo que cuando el primer haz de llamas abrasó las rocas, podría haber pensado que una de ellas había chocado contra una pared. Pero siguieron otras explosiones que hacían vibrar cada vez la atmósfera; una espesa humareda se elevaba mientras que una lluvia de piedras caía por todas partes.

—Confiemos en su buena puntería —observó Jonathan—. De lo contrario, ¡despedazarán mi nave! ¡Quizás desean que regrese caminando a Uma!

Sentía un deseo irresistible de reír. El súbito ataque, los haces de fuego, el manto de humo negro, todo esto le parecía irreal y ridículo. Flora, a su lado, permanecía alerta.

—Seguramente regresarán —murmuró.

Orlando, como la primera vez, les anunció el segundo ataque. La flotilla surgió de otro punto del horizonte, siempre a ras del suelo. Ramilletes de llamas amarillas se elevaron hacia el cielo, seguidos de capas de humo que devoraban la luz. Ya las naves habían desaparecido.

—¿Qué hacen ahora, Orlando? ¿Qué pretenden?

—Sospechan una presencia hostil y por

eso limpian el terreno. Fue en este sitio donde perdieron a uno de los suyos. Además, Jonathan no se encontraba en su nave; tal vez supusieron que había sido aniquilado también.

—¿Crees que terminaron?

—No. Escuché su conversación: el ataque terminó, pero están considerando aterrizar para verificar que no le hayan causado inadvertidamente un daño al Trap.

—No quiero verlos —murmuró Jonathan—. ¡Flora, dile a tu hermano que no quiero verlos!

Se agarró la cabeza con ambas manos; estaba temblando de ira contenida. Flora, muy tranquila, vio que se encontraba al borde de una crisis de nervios. Discutió un momento con su hermano, luego se dirigió a Jonathan:

—Vamos —dijo—, no regresarán. Orlando se hará perseguir para alejarlos de aquí. No te preocupes por él; tiene más de un truco en su manga. Va a llevarlos de paseo por todos los rincones del espacio, y nosotros, mientras realizan su pequeño viaje, tendremos todo el tiempo necesario para despedirnos.

Seguida por Jonathan, que se había re-

puesto un poco, descendía por las laderas de las colinas. El humo comenzaba a disiparse y de nuevo se divisaba el Trap.

—Parece intacto. Vas a poder regresar a casa.

En las dos frases que acababa de pronunciar, había hablado de despedirse y de regresar a casa. Jonathan sabía que este instante era inevitable, pero lo temía. Hubiera deseado retardarlo. Cuando llegó al Trap, subió a verificar si todo estaba en orden. Doble Cero lo tranquilizó:

—No me ocurrió nada malo. ¿Vieron este ataque? Bien organizado y perfectamente realizado. La nave tampoco sufrió daño alguno. Todos los sistemas vitales funcionan de maravilla.

Sentada no lejos de allí, Flora esperaba pacientemente.

—Todo está en orden. ¡El ataque no perjudicó a nadie!

—Error —dijo ella.

Con el brazo, señaló hacia determinado lugar. Jonathan divisó los caparazones calcinados de una vispa y sus dos crías.

Una vez más, se encontraron sentados lado a lado el terrícola y la extraterrestre. El humo había desaparecido por completo y se veían, como la primera vez que Jonathan había aterrizado allí, los vapores blancos que se acumulaban en el suelo y luego proyectaban hacia lo alto sus extrañas formas irisadas. Todo regresaba a la normalidad.

Sin embargo, Jonathan no conseguía olvidar lo que acababa de suceder. Esta condición de terrícola que compartía con Cortès le pesaba. Sentía que pertenecía a un mundo anticuado: preverlo todo, ¡no arriesgar nunca el menor gesto gratuito! Había emprendido este viaje precisamente para evadirse. Y he aquí que en medio de su maravillosa aventura, los suyos hacían el ridículo desencadenando un diluvio de fuego y calcinando una pobre familia de vispas. Le hubiera gustado hablarle a Flora, explicarle, pero le faltaban las palabras.

Vercingétorix se había extendido en el suelo y dormía como era su costumbre. Jonathan veía de nuevo el agua que subía por la arena, entre las manos de Flora. ¿Qué sería de Aster 3020 dentro de cien años, de mil años? La idea de sembrar allí un jardín le parecía tan loca como antes; no obstante, una parte de él la aprobaba. Intentar implantar la vida en esta tierra mineral era la más pura utopía; pero ¿de qué sirven los sueños si no se procura realizarlos? Flora tenía una ingenuidad natural que le permitía considerar los proyectos más osados; reunía asimismo las cualidades necesarias para la acción, y se mostraba más serena y decidida que Jonathan, cuando el ataque de la flotilla, por ejemplo. El se puso a pensar que su amiga conseguiría lo que deseaba, que en veinte años, o quizás en cien, la vida se arraigaría en este planeta, que las plantas abundarían, y traerían con ellas la aclimatación de toda una fauna.

—¿En qué piensas, Jonathan?

—En nada. Me gustaría vivir mucho tiempo para ver en qué se convertirá este asteroide.

—Eso depende. Yo no tengo más que un deseo: que la vida, en todas sus formas, florezca en él.

Mientras hablaba, observaba el cielo.

—Orlando debió de despistarlos. No tardará en venir a buscarme.

Le recordó a Jonathan la realidad del adiós.

—¿Qué sucederá, Flora, cuando regreses con los tuyos? ¿Cómo les explicarás que estuviste en contacto con un terrícola?

—Les contaré cómo se desarrollaron las

cosas, y Orlando me ayudará. Sé que todos me prestarán atención, exactamente como lo hicieron cuando murió mi abuelo. Confío en la sabiduría de mi pueblo.

Se levantó, dio algunos pasos con los ojos fijos en el suelo, como si buscara un objeto. Finalmente, se inclinó y recogió un trozo de lava.

—¿Recuerdas cuando recibiste el collar? Orlando te dijo que te lo enviaba yo, pero no era cierto. Toma este guijarro; es igual a los demás, pero para ti, desearía que fuese diferente porque es un regalo.

Jonathan tomó el trozo de lava, un pequeño guijarro marrón agujereado con minúsculos alvéolos, vestigios del gas que hace tiempo había escapado de él. Le sonrió a Flora, pero no tuvo tiempo de agradecérselo, pues la nave de Orlando se acercaba.

—¿Ves? no utiliza ningún camuflaje; es la señal de que despistó a sus perseguidores. Deben de encontrarse muy lejos ahora.

Reía, gesticulaba y gritaba toda clase de cosas que Jonathan no comprendía, pues hablaba en su idioma. Orlando, que había aterrizado cerca de allí, se reunió con ellos. Llevaba su atuendo espacial.

—Ya está —dijo sonriendo—. Nuestro

amigo Cortès está buscando su camino. ¡Lo conduje por tantos recovecos que terminó por perderse!

—Gracias, Orlando —dijo Flora—. Nos ayudaste mucho.

—Es cierto —añadió Jonathan—. Lo que hiciste fue magnífico. ¿Sabes? ¡Me alegra mucho haberte conocido!

Cayó en la cuenta de que era él quien se despedía; no lo lamentaba ni se entristecía por ello; una gran serenidad lo invadía. Nunca se habían sentido tan cerca como en el momento de la despedida. Y así sería siempre. A pesar de la inmensidad del espacio, serían amigos durante toda la vida. Flora se acercó y lo besó. Orlando le tendió la mano. Vio como entraban en su nave que, a gran velocidad, partió hacia el cielo de Aster 3020.

CAPITULO IX

REGRESO A UMA

De regreso a Uma, Jonathan encontró la agitación habitual. Entregó su Trap sin olvidar despedirse de Doble Cero y de agradecerle su ayuda. El computador se había mostrado emocionado. Ahora, Jonathan erraba por los largos corredores de la estación lunar, esperando la nave que debía llevarlo de nuevo a la Tierra. Podía haber llamado a sus padres, pues no era videófonos lo que faltaba; pero no experimentaba el deseo de precipitar el reencuentro. Disfrutaba de sus últimas horas de vacaciones. Todos estos desconocidos conversadores no le molestaban; su mente estaba en otra parte.

Se encontró inadvertidamente delante del bar en donde había entrado el día de su salida. Se instaló allí, y pidió una taza de té. Las mesas, todas idénticas, le parecían desesperadamente vacías; nadie contemplaba el paisaje por las grandes ventanas panorámicas. Le preguntó al camarero acerca del anciano de cabellos blancos vestido de manera tan extraña. El camarero contestó que era un cliente habitual del bar; pero ya había venido y no regresaría antes de dos días. Jonathan experimentó cierta decepción; en ese momento, era la única persona con quien le habría gustado conversar.

—¡Comunicación para el señor Silésius! —gritó el camarero

—Soy yo —dijo Jonathan, quien se encontraba solo en la sala.

Se dirigió al videófono, preguntándose quién podría llamarlo a este sitio. Esperaba ver aparecer en la pantalla a su tía Eléonore, o a uno de sus padres. Pero la pantalla permanecía vacía. Sólo se oyó una voz, una voz que pronunciaba su nombre y que reconoció inmediatamente:

—¡Flora! ¿Dónde estás? ¿Cómo hiciste para encontrarme?

—Calla, calla —dijo ella—. Eso no es cosa

tuya. Yo solamente quería saber si te encontrabas bien.

—Sí, estoy bien. Sólo un poco triste.

—Yo también —confesó ella.

—¿Y tu viaje?

—Tranquilo. En algunos días llegaremos. Quería desearte un buen regreso a la Tierra.

—Creo que estaré bien, pero me agradaría más pasar otros días contigo. ¡Tengo tantas cosas que decirte!

—¡Lo sé! Sobre el anciano de aspecto indio, por ejemplo...

—¿Cómo lo sabes?

—Olvidas todo, Jonathan. Ya me habías hablado de él.

—Es cierto —reconoció Jonathan—. Te hablé de él. Pero no sabía que hubiera influido tanto en mí. Flora, ¿crees que nos veremos de nuevo?

—¿Y por qué no? Espero que vuelvas pronto a pasar vacaciones en el espacio. ¡Hay tantas cosas por descubrir! Pero ahora, perdóname, debo dejarte.

—Flora —dijo él, esperando retenerla todavía un momento.

—¿Sí?

—Quería agradecerte el trozo de lava. Es un lindo regalo, ¿sabes?

Flora rió, luego murmuró que lo amaba. Se escuchó un sonido, indicando que la comunicación había terminado.

Jonathan regresó a su mesa y se acercó al mirador, al lado de donde se divisaba la Tierra. Distinguía con claridad el Africa, las Américas, las manchas azules de los océanos y las largas estelas de nubes blancas. «En algunas horas», se dijo, «estaré allí abajo. Subiré a mi automóvil, atravesaré el bosque de los zorros, y todo comenzará de nuevo». Nunca antes había sentido tantos deseos de vivir.

OTROS TITULOS

Torre roja (a partir de 7 años):

Más historias de Franz
Christine Nöstlinger

Nuevas historias de Franz en la escuela
Christine Nöstlinger

De por qué a Franz le dolió el estómago
Christine Nöstlinger

Solomán
Ramón García Domínguez

El país más hermoso del mundo
David Sánchez Juliao

¡Hurra! Susanita ya tiene dientes
Dimiter Inkiow

Clara y el gato Casimiro
Dimiter Inkiow

Yo y mi hermana Clara
Dimiter Inkiow

Torre azul (a partir de 9 años):

El misterio del hombre que desapareció
María Isabel Molina Llorente

Cuentos y leyendas de Rumanía
Angela Ionescu

El pájaro verde y otros cuentos
Juan Valera

Leyendas de nuestra América
Ute Bergdolt de Walschburger

La redacción
Evelyne Reberg

Diecisiete fábulas del zorro
Jean Muzi

Angélica
Lygia Bojunga Nunes

Torre amarilla (a partir de 11 años):

Nuestras hazañas en la cueva
Thomas Hardy

Con un estilo impecable, el autor de esta novela narra
la historia de dos muchachos en vacaciones que, por

casualidad, descubren cómo alterar el curso de un río y ponen en conflicto a dos poblaciones vecinas. La obra, además de acción y suspenso, ofrece posibilidades de reflexión sobre los conflictos humanos.

El diablo de la botella
Robert Louis Stevenson

Los poderes sobrenaturales escondidos en una botella permiten a sus dueños obtener toda clase de riquezas, pero a un costo tan alto que todos quieren deshacerse de ella. Este clásico de literatura, lleno de misterio y aventuras y escrito con maestría, mantiene la tensión y el suspenso y proporciona a los jóvenes el placer que se deriva de toda buena lectura.

La campana del arrecife
Sarita Kendall

Un isleño y una norteamericana descubren un disco de oro en los arrecifes de una isla caribeña ubicada en las costas de Colombia. Con la ayuda de un delfín amaestrado los muchachos logran sacar del fondo del mar esta pieza que, además de tener gran valor arqueológico, indica el lugar donde ocurrió un naufragio en la época de la colonia.

Mi amigo el pintor
Lygia Bojunga Nunes

Mi amigo el pintor relata el conmovedor encuentro entre un niño y un artista. Al niño, este encuentro lo hace reflexionar sobre los sentimientos y valores que motivan el comportamiento de los hombres, y lo impulsa a buscar respuesta a sus interrogantes sobre el amor, el trabajo y la política. Al adulto, le permite descubrir y enriquecerse con la sensibilidad, la ternura y la amistad del niño.

Víctor
Pauline Vergne

Un día Pauline Vergne escribe las treinta primeras hojas de una historia que promete ser misteriosa y divertida. Algunos de los estudiantes que van a visitarla a la biblioteca del colegio donde trabaja, las leen. «Excelente», le dicen, y la animan a que continúe. Y es así como Pauline Vergne termina de escribir su primera novela, *Víctor*, un relato de suspenso que comienza cuando Marco descubre que un automóvil misterioso lo persigue.

¡Por todos los dioses...!
Ramón García Domínguez

En la mitología clásica se relatan algunas de las aventuras más grandes de todos los tiempos. En ella aparecen dioses, héroes, monstruos, ninfas, sirenas, gigantes y muchos otros seres extraordinarios. En *¡Por todos los dioses...!*, Homero, transportado a nuestra época y en fascinante diálogo con un niño contemporáneo, narra una vez más las fantásticas hazañas de sus protagonistas favoritos.

Roque y el río
Thalie de Molènes

Roque y el río describe la vida de los barqueros del río Vézère, en Francia, en el siglo XIX. Roque tiene catorce años y trabaja como mozo de labranza. Neyrac, el padre de Roque, es acusado de un asesinato y se ve obligado a huir. Roque toma el lugar de su padre como gabarrero, transportando mercancías por el río, y lucha con tenacidad por demostrar la inocencia de Neyrac.

Aventuras de un niño de la calle
Julia Mercedes Castilla

Aventuras de un niño de la calle relata el drama y las peripecias del diario vivir de un gamín abandonado por sus padres, que se ve obligado a buscar cómo ganarse la vida en una gran ciudad.

Torre verde (para jóvenes adultos):

La prisión de honor
Lyll Becerra de Jenkins

Afortunado en el juego y *Las minas de Falun*
E. T. A. Hoffmann

El camino de los fresnos
Ivan Southall